LE RETOUR
de la Bête

Ce livre a été sélectionné par le prix des Incorruptibles 2019/2020
pour la catégorie CM2/6e.

Direction éditoriale : Paola Grieco
Suivi éditorial et maquette : Caroline Merceron
Relecture éditoriale et maquette : Alice Darondeau
Correction : Romain Allais

Direction artistique : Tiphaine Rautureau et Stéphanie Baronchelli
Couverture et illustrations intérieures : Cécile et Lionel Marty

WWW.GULFSTREAM.FR

ISBN : 978-2-35488-637-0

Loi 49-956 du 16 juillet 1949 sur les publications destinées à la jeunesse

Gulf stream éditeur

JEAN-LUC MARCASTEL

ILLUSTRÉ PAR CÉCILE ET LIONEL MARTY

LE RETOUR de la Bête

ÉTINCELLES

J'aimerais dédier ce livre à plusieurs personnes :

À Lionel et Cécile, mes chers amis,
qui ont si bien donné vie,
à travers leurs dessins
aux héros de cette histoire.
C'est un vieux rêve qui devient réalité.

À Paola, Stéphanie, Jérôme
et toute l'équipe des éditions Gulf stream,
pour votre accueil, votre écoute,
et votre gentillesse.
Merci d'avoir rendu ce rêve possible.

À tous ceux qui, dans les pires moments,
savent montrer le meilleur d'eux même
et prouver que l'humain,
peut l'emporter sur la bête.

À tous les enfants du monde,
dans toutes les tourmentes,
que déclenchent les adultes.

À toi, Louis, mon grand garçon,
pour avoir la patience,
d'écouter les histoires,
de ton conteur de père…

Jean-Luc Marcastel

CHAPITRE 1
Un spectre du passé

— Papi, qu'est-ce qu'il t'arrive ?

C'est la voix de Laureline, ma petite fille. C'est un drôle de prénom. Moi, j'avais suggéré à ses parents Suzanne ou Marie, mais ils m'ont dit que c'était celui d'une héroïne de bande dessinée qu'ils aimaient bien, alors… Après tout, ça lui va bien.

Elle m'a attrapé la main, je sens ses doigts menus qui serrent les miens. Elle lève vers moi ses grands yeux couleur de noisette sous sa longue frange aux reflets roux.

J'aimerais lui répondre, mais je ne peux pas, planté là, devant cette vitrine du pavillon de paléontologie du Muséum d'histoire naturelle, incapable de détacher les yeux de ce qui me fait face, cette chose qui me regarde de l'autre côté du verre épais constellé de petites empreintes laissées par autant d'écoliers curieux… cette chose qui me regarde depuis une autre époque… depuis exactement soixante-treize ans… et l'hiver 1942.

Un spectre du passé

C'était un autre temps, un temps de peur…

Il faisait froid cet hiver-là, très froid. L'eau gelait au puits. Il fallait casser la glace pour aller la puiser. Je m'en souviens très bien, je le faisais plusieurs fois par jour. Je traversais la cour de la ferme avec mon seau qui pesait une tonne en essayant de ne pas en renverser. Après, je la versais dans la marmite, au-dessus du feu, pour la faire bouillir.

Quand elle était chaude, on en prélevait un broc le matin, et on se lavait devant le *cantou*, la grande cheminée, pour ne pas avoir trop froid, avant de partir pour l'école du village. Ça étonne toujours Laureline quand je lui raconte ça, elle n'imagine pas qu'on ne puisse pas avoir de robinet, mais c'est pourtant vrai.

Le matin où commence mon histoire, après le décrapage en règle (ma mère était très stricte sur la toilette ; on n'avait beau ne pas être riches, elle avait sa fierté et ne voulait surtout pas qu'on dise que nous étions des malpropres), j'avais enfilé en grelottant mes couches de vêtements successives (maillot de corps, chemise et pull de laine épaisse qui grattait abominablement). À ça j'avais ajouté ma grosse veste de velours, celle qu'on réservait pour l'école, et j'avais mis mes chaussures de cuir sur mes énormes chaussettes.

La neige, cet hiver-là, était venue d'un coup, sans s'annoncer, et avait tout recouvert, les bois, les champs, les chemins, les maisons, et avec elle était venue la peur…

Il y avait eu quelques événements étranges, depuis que le froid s'était installé. Des bêtes avaient disparu. On avait retrouvé d'elles que des traces de sang dans la neige.

Ça avait commencé à jaser.

Les disparitions et les événements bizarres se multipliaient. La rumeur se renforçait, nourrie de cent langues bavardes et inquiètes, certaines brodant sur d'autres des récits qu'elles avaient entendus ailleurs, les exagérant à leur tour... Et, comme on était en pays de Gévaudan, encore hanté par l'ombre d'un noir souvenir, trois syllabes commençaient à revenir dans toutes les bouches, qu'on osait à peine murmurer, de peur qu'elles n'attirent sur soi une terrible attention.

La Bête.

Ce matin-là, alors que nous partions pour l'école, ma petite sœur Françoise et moi, sur le chemin en édredon de neige où s'enfonçaient nos gros godillots, laissant derrière nous la ferme familiale qu'on devinait à peine sous le blanc cotonneux, on y pensait, nous aussi, à la Bête.

Il faut dire qu'entre nuit et jour, alors qu'un soleil triste pointait un bout de rayon sur les champs et les bois en habit pâle, les éclaboussait d'un peu de rouge et d'or, il y avait bien de quoi se faire mousser l'angoisse.

Les ombres des arbres plumés, leurs branches noires et crochues courbées au-dessus du sentier, semblaient autant de serres cruelles. N'importe quoi aurait pu s'approcher sous leur couvert sans qu'on le remarque.

Un spectre du passé

— Tu crois que c'est vraiment la Bête qui…

Françoise surveillait les fourrés de ses grands yeux bleus.

— Mais non. Tu sais bien que la Bête elle existe pas…

J'avais essayé de prendre une voix ferme et pour un peu j'aurais presque pu me croire… Presque.

N'empêche que je pressai le pas, dans la neige poudreuse tout juste tombée de la nuit, et que je fus bien soulagé quand nous avons vu le panache de fumée montant d'une maison crapaude qui se tassait au bord de la route comme un champignon de pierre, un champignon qui disparaissait presque sous son chapeau blanc.

Devant se tenait une silhouette que je connaissais bien, celle, mince comme un haricot à forme humaine, de Gaston.

CHAPITRE 2

Gaston et le bonnet du Drac

Vous dire s'il était maigre, Gaston. Même sa grande cape en laine ne réussissait pas à le faire paraître plus épais, ses deux jambes grêles en dépassaient et se plantaient dans la neige. À le regarder, on avait un peu l'impression de voir un échassier à forme humaine.

Il avait vissé sur son crâne le bonnet ridicule que lui avait tricoté sa grand-mère, et j'étais bien sûr que sa mère l'avait obligé à le mettre.

La grand-mère de Gaston, elle savait tricoter mais, une chose était sûre, elle avait pas le compas dans l'œil et aucun goût pour les couleurs, ou alors, elle avait fini ses restes de pelotes… Le résultat, entre le rose et le vert, était pour le moins… surprenant.

Quant au pompon qui pendouillait jusque sur son épaule, c'était la cerise sur le gâteau. Du grand art.

Gaston détestait ce bonnet. Il fallait vraiment qu'il fasse très, très froid, comme aujourd'hui, pour qu'il accepte de le garder sur le crâne.

J'ai pas pu résister.

— Eh ! T'as sorti le galure du *drac* !

Le *drac*, chez nous, c'est une sorte de lutin. On disait qu'il était fils du diable et que son père l'avait fichu à la porte des enfers parce qu'il était trop insupportable. Il passait ses nuits à jouer des tours pendables, pas bien graves, mais embêtants quand même, et il disparaissait au matin. Si on voulait s'en préserver, il suffisait de mettre une coupelle de grains ou de riz devant sa porte. Le *drac* se sentait obligé de les compter. Ça l'occupait toute la nuit. Avant qu'il ait fini, l'aube arrivait et il disparaissait.

Gaston et le bonnet du Drac

Se faire traiter de *drac* n'était guère flatteur. La réaction de Gaston avait été immédiate.

— Tu… Tu peux parler le bou… bouseux ! T'as vu ta dé… dégaine ? Ta ca… cape à plus de trous que… que de laine.

Gaston, pour ne rien arranger, était affublé d'un bégaiement qu'il ne parvenait pas, malgré tous ses efforts, à faire disparaître.

« Le bouseux », c'est comme ça qu'il m'appelait, Gaston, tout ça parce que j'habitais à un kilomètre du village, cinq cents mètres de plus que sa propre maison. Ça suffisait à faire de moi un plus « bouseux », que lui. En ce qui concernait ma cape, il avait par contre tout à fait raison. Mes parents n'étaient pas riches. Elle avait été rapiécée tellement de fois que je ne les comptais plus. Elle commençait aussi à être un peu courte, mais le budget de la famille ne permettait pas de la changer cette année. Il faudrait qu'elle tienne encore cet hiver.

— Et si c'est comme… comme ça. Je vous… vous attendrai plus pour aller à l'é… l'école.

Aujourd'hui son bégaiement restait à peu près dans le domaine du raisonnable. Je ne me moquais pas de lui. On peut se moquer de tout chez les copains, l'habillement, les parents, mais on savait tous que ce défaut d'élocution lui était pénible, et qu'il faisait beaucoup d'efforts pour s'en débarrasser, alors on n'en parlait jamais.

Et puis Gaston, pas plus que nous, ne tenait à marcher seul jusqu'au village, surtout depuis que les rumeurs sur la Bête avaient commencé.

— Sa… Salut, bas-du-cul-sans-rallonge, avait-il lancé à Françoise, qui lui avait aussitôt répondu, du tac au tac :

— Salut l'asperge. T'as grossi toi, non ?

Les amabilités habituelles. Ils se lancèrent tous les deux un grand sourire. Gaston adorait Françoise, qui le lui rendait bien.

Gaston et le bonnet du Drac

Il nous avait donc emboîté le pas. Nous avions poursuivi notre chemin entre les murets de pierres sèches disparaissant sous le manteau blanc qui avait recouvert le pays comme une couette pâle… ou un suaire.

Alors que nous passions près de « l'ogre », un énorme marronnier au tronc large comme une petite maison dont l'écorce, par quelque caprice de la nature, prenait, sous un certain angle, l'apparence d'un visage monstrueux et plissé, une branche craqua.

Nous avons pivoté d'un seul mouvement vers la direction du son pour surprendre la forme fine au panache feu d'un renard qui, surpris, demeura un instant immobile à nous fixer de ses grands yeux verts avant qu'une boule de neige ne s'écrase juste à côté de lui.

Il avait aussitôt détalé, bondissant comme une flamme rouquine avant de disparaître dans les bois.

— Et que je te revois plus rôder dans le coin ou je te transforme en chapeau ! avait ponctué Gaston qui avait lancé la boule avant d'ajouter à notre intention :

» Foutu goupil ! Va nous bouffer toutes nos poules.

— T'as pas de poules, lui ai-je fait remarquer.

— Ouais, mais si j'en avais, il les boufferait toutes, avait-il répondu sans se démonter.

— Et c'est bien vrai que t'aurais besoin d'un autre chapeau, avait ajouté Françoise, qui n'en ratait pas une.

J'avais pas pu résister :

— Ouais, tu ressemblerais à Davy Crockett.

Ça avait eu l'air de lui plaire, à Gaston, de s'imaginer avec la toque du célèbre trappeur dont on lisait les aventures en bande dessinée dans *Le Journal de Mickey,* juste avant que Françoise ajoute :

— Non, à une allumette avec une queue de renard.

— Tu peux… Tu peux parler, rase-mottes ! avait-il contre-attaqué. Si y… y… y continue de neiger, on te verra plus.

Gaston et le bonnet du Drac

Le ping-pong aurait pu continuer encore longtemps ; parfois, il se poursuivait jusqu'à l'école, mais pas ce matin-là.

— T'as… T'as entendu ce qu'a dit le père Gustave ? avait soudain demandé Gaston. Au ton de sa voix, on devinait que ça le travaillait depuis un moment.

— On me l'a raconté, répondis-je prudemment.

— Moi, je l'ai entendu l'autre jour, j'étais chez la Lulu avec mon père.

La Lulu, c'était l'unique café du hameau. Une simple salle au rez-de-chaussée d'une grande maison sur la place du village. L'été, la Lulu, la propriétaire, mettait trois tables dehors pour servir son « blanc cass[1] » ou le verre de vin rouge que les habitués sirotaient avec un air grave. Certains, dont mon père, disaient qu'on pouvait décaper les cuivres avec, mais personne n'osait le dire devant

---

1 Vin blanc au sirop de cassis.

la patronne. La Lulu, tout le monde craignait sa langue redoutable, à vous sortir des réflexions au rythme d'une mitraillette, et, taillée comme elle l'était, même un catcheur y aurait réfléchi à deux fois avant de la contrarier. On disait qu'elle avait un jour allongé une telle mornifle à un client indélicat qui avait eu le malheur de critiquer sa truffade[1] qu'elle l'avait étalé raide pour le compte. Assommé pour deux heures.

Mais Gaston poursuivait déjà :

» L'a dit que l'autre soir il… il a entendu les vaches meugler dans l'étable. Ça l'a réveillé. Il s'est dit que c'était peut-être un gou… goupil. Il allait se… se rendormir… Mais elles ont continué de meu… meugler de plus en plus fort. Y disait que c'était à… à devenir fou. Alors il est allé voir dans l'étable. Elles rou… rou… roulaient des yeux fous… Y avait quelque chose qui les te… te…terrorisait…

---

1 Plat cantalien à base de pommes de terre, tome de Cantal, d'ail, très nourrissant.

Son bégaiement empirait avec l'émotion. Là, dans la neige et ce paysage crépusculaire, avec ces bois qui nous entouraient, où pouvait se cacher n'importe quoi… il montait en flèche.

Françoise, peut-être en réaction, avait lancé à Gaston :

— Le père Gustave, y raconte que des craques !

— Ben n'em… n'empêche qu'il avait pas l'air de vou… vouloir raconter des blagues, quand je l'ai vu.

Gaston avait marqué une pause avant de reprendre :

» Il… Il a essayé de les calmer, mais il a dit qu'y avait rien à faire… Il a mê… même failli se fai… faire encorner. Et puis là, à un m… moment, alors qu'il se retrouvait contre la po… porte extérieure de la… la grange… il a… en… en…

Il allait pas y arriver.

— … Entendu ? ai-je proposé.

— C'est ça… Entendu un craquement, dans son dos… Co… comme si quelque chose pesait con…

contre la porte. Quel… quelque chose de vrai… vraiment très gros…

Malgré moi, je m'imaginais dans cette grange, entouré par les vaches en panique, juste devant cette porte qui craquait sous le poids d'une chose invisible, et je dois vous avouer que j'en menais pas large.

Gaston, totalement pris par son histoire, poursuivait, :

» Il é… était mort de trouille. Mais vous le co… connaissez, le père Gustave… Quand il pé… pétoche… ça l'énerve, alors il est allé pren… prendre son fusil et il est sorti…

Il fallait bien que ce soit le père Gustave pour sortir par une nuit glaciale, avec ces vaches qui meuglaient à la mort, alors que quelque chose rôdait autour de la ferme… Moi j'y serais pas allé pour tout l'or du monde.

— Eh ben ! Il en a du courage, le père Gustave. Moi je serais pas sortie, fit remarquer Françoise d'une toute petite voix en surveillant les bois.

Je savais, moi, où le père Gustave trouvait son courage et le genre de potion magique qu'il buvait, mais n'empêche qu'il fallait quand même du cran.

» Il est… a… arrivé au co… coin de la grange… Il a tourné, et là… y dit… y dit qu'il a vu…

À l'entendre, on aurait presque cru que Gaston y était, avec le père Gustave. Ses yeux, écarquillés, semblaient fixer un effroyable spectacle.

» … une « foutraille de monstre », qu'il a dit… Un tru… tru… truc gros comme un taureau… roux comme un goupil, avec une ban… ban… bande noire sur le dessus, et une gueu… geugeu… gueugeu… »

— Gueule, compléta Françoise, qui n'en pouvait plus.

Mais Gaston, totalement dans sa terrible vision, comme s'il y était, poursuivait :

— … gueule qu'à cô… côté celle d'un loup c'est de la… de la rigolade. A… a… avec des dents qui sor… sortaient de pa… papa… partout.

Je la voyais aussi, cette gueule effroyable, grande ouverte sur un enfer rouge et dégouttant de bave… prête à me croquer. J'étais sûr, soudain, de sentir un regard vigilant me surveiller depuis l'ombre des arbres, au bord du chemin.

Et ce diable de Gaston qui continuait avec son bégaiement qui atteignait des proportions proprement insupportables.

» Y… y… il a dit qu'il a v… veve… vu la tê… têtette se tou… tourner vers lui et les… les yeux de la bê… bêbette… bête, se fixer sur lui. Des y… yeux pe… petits et méchants…

Françoise était venue se serrer contre moi. Même Gaston se rapprochait insensiblement, au milieu du chemin, le plus loin possible des bois.

Je ne savais plus si j'avais envie qu'il continue ou qu'il se taise. Lui aussi l'ignorait peut-être, mais je devinais que, lancé comme il l'était maintenant, il ne pourrait se taire avant d'avoir fini.

» A… alors il… il a… il a tiré… Y… Y dit qu'il l'a tou… touchée, mais…

Oui, tout le monde savait que le père Gustave, il aurait raté une vache dans un couloir, alors… Ça voulait dire que la bête était vraiment énorme.

» En… en… enfin… Je sais… sais pas… papas… s'il l'a eue. C'est peupeu… peut-être le b… bruit qui lui a fait peu… peu… peur… Mais elle a dé… détalé et di… disparu dans les b… b… bois.

Il avait craché ces derniers mots comme il aurait expectoré une glaire et reprenait son souffle… On l'aurait cru épuisé.

Contre moi, je sentais se presser le petit corps de Françoise, frémissante de trouille, quand il acheva enfin, un rien plus calme.

» Il a dit que… que dans la neige, y avait des tra… tra… traces… comme il en avait jamais vues. Des tra… traces qui ressemblaient à celles d'un mou… mou… mouton.

— Un mouton avec des dents de loup ? Il avait vraiment forcé sur le blanc cass de chez Lulu, le père Gustave.

Je voulais détendre un peu l'atmosphère de terreur dans laquelle nous avait plongés Gaston et rassurer Françoise quand un rugissement s'est élevé juste sur notre droite…

CHAPITRE 3

Les châtaignes de Dédé

Nous avons tous sursauté. Françoise a poussé un cri perçant en se réfugiant contre moi, Gaston a lancé une sorte de couinement étranglé. Quant à moi, j'aimerais pouvoir dire que c'était grâce à mon sang-froid…

Après ce que venait de nous raconter Gaston, nous nous étions tournés vers les bois, sûrs de voir surgir de l'ombre zébrée de branches griffues la terrible silhouette roux et noir que le père Gustave prétendait avoir mise en fuite… cette apparition infernale à la gueule « plus grande que celle de tous les loups de la Terre ».

Mais, pour tout compte de monstre, ce que nous découvrîmes, ce fut l'ombre tout ce qu'il y avait de plus humaine, petite et râblée, « soufflée », aurait-on pu dire, de Dédé, le quatrième larron de la bande.

Dédé, c'était l'exact contraire de Gaston : aussi petit que l'autre était grand, aussi rond qu'il était mince. Le dessiner n'était pas difficile, et Françoise y arrivait très bien. Il suffisait de tracer deux cercles, un gros et un petit au-dessus, d'y planter des tiges, de faire deux points et un sourire, et le tour était joué.

Un sourire car, d'une bonne nature, Dédé passait son temps à rigoler, et parfois, comme à cet instant, aux dépens des autres. Dédé était un adorable garçon, mais avait, il fallait bien l'avouer, un sens de l'humour parfois déplorable…

Il rigolait d'ailleurs encore de la blague qu'il venait de nous faire, sa bonne bouille aux joues rouges de hamster fendue d'une oreille à l'autre sous l'immonde casquette qui ne le quittait presque jamais : « Le point sur le i », comme avait dit un jour ironiquement Monsieur Antoine, notre instituteur et le maire du village.

— Si vous aviez vu vos trognes ! s'esclaffa Dédé en éclatant d'un nouveau rire hilare.

C'en fut trop pour moi.

Mon cœur battait à cent à l'heure, à croire qu'il voulait me défoncer les côtes pour sauter hors de ma poitrine. Françoise tremblait comme une feuille, et Gaston…

Sans nous concerter, nous avons bondi sur Dédé et, avant qu'il ait pu se défendre, l'avons culbuté dans le manteau blanc recouvrant le sol pour lui bourrer le col de neige alors qu'il ruait, grognait et couinait comme un cochon en furie.

— Ah ! Non, c'est froid ! Arrêtez ! Vous vous y mettez à deux, bandes de lâches !

— C'est parce que t'en vaux deux à toi tout seul ! lui répondis-je aussitôt.

Pour finir, et connaissant notre Dédé par cœur, qui ne sortait jamais sans ses réserves pour la journée, nous avons fait les poches de son manteau pour en tirer un plein sachet de marrons encore chauds que sa mère avait dû lui cuire au-dessus de la cheminée.

— Hé, non ! Mes châtaignes ! protesta-t-il.

— Je vais t'en donner, moi, des châtaignes, la prochaine fois ! J'ai cru mourir de trouille !

On l'a relâché. Il avait eu sa punition.

On se releva tous, à peu près autant couverts de neige les uns que les autres. Gaston procéda à la distribution des châtaignes du vaincu, ce que Dédé accepta de mauvaise grâce, grommelant, quand on lui rendit son sachet, qu'il n'y en aurait plus assez pour tenir la journée.

Nous étions à hauteur des premières maisons. Je devinais, devant nous, la silhouette du clocher se découpant sur le ciel plombé de nuages gris. Je dois avouer que je n'étais pas fâché d'arriver au village tant la présence des bois tout proches me rendait nerveux.

Dédé n'arrêtait pas de se tortiller. Je comprenais pourquoi. La neige que nous avions fourrée dans son col fondait et lui dégoulinait le long du dos.

— Aaaah ! Je vous déteste ! grognait-il à intervalles réguliers.

— C'est bien fait ! lui répondit Françoise d'un ton sans appel.

Elle avait vraiment eu la trouille et lui en voulait beaucoup. Je la comprenais.

— Vous êtes idiots, aussi, de vous mettre la rate au court-bouillon comme ça. Le père Gustave, tout le monde sait qu'il est un peu *brelot*… Y passe ses journées à picoler chez la Lulu. Tu m'étonnes qu'y voit des monstres partout. Le blanc, il lui a décapé la *cruque*.

— Dédé a pas tort, faut bien avouer que le père Gustave, y biberonne sec.

Gaston secoua la tête.

— Non. Moi j'é… j'étais là quand il l'a ra… racontée, son histoire. Et je peux… peux vous dire, la tête qu'il avait… c'était pas du chi… chiqué.

Je savais pas, moi, la tête qu'avait le père Gustave quand il avait raconté son histoire, mais je voyais bien celle de Dédé à ce moment-là, et celle qu'il avait faite sur le chemin… Et pour le mettre dans un état pareil…

Mais plus têtu que Dédé, y avait que les ânes, et encore… Je crois qu'il aurait été capable de donner des leçons à la plupart d'entre eux.

Il secoua la tête.

— Y a pas de Bête, que je vous dis. Mon père…

— Et qu'… qu'… qu'est-ce qu'il en sait, ton père ? À pa… part les vaches, y connaît rien à rien ! s'énerva Gaston.

— Parce que le tien il est plus sachant peut-être ? Et d'abord qu'est-ce que t'as contre les vaches ? C'est très intelligent, les vaches, répliqua aussitôt Dédé, qui n'aimait pas qu'on se moque de son père et des vaches pour qui il avait une véritable affection.

— Lui, au moins, y… y… y cause pas de choses qu'y connaît pas !

Et c'était bien vrai que le père de Gaston, c'était pas un grand causant. Depuis que je le connaissais, je croyais pas l'avoir entendu décrocher plus de trois mots de suite.

On arrivait sur la place du village. Face à nous, de l'autre côté de la grande esplanade blanche que les pas de nos camarades avaient marquée de leurs empreintes, s'élevait la haute silhouette de la mairie, une maison en pierre de taille, grise et austère, juste un peu plus haute et grande que les autres. Notre salle de classe se trouvait au premier.

Sur le perron se tenait Monsieur Antoine, appuyé sur la grande pelle avec laquelle il avait déneigé les marches menant à l'entrée… Il regardait passer ses élèves et répondait d'un sourire et d'un bonjour à chacun d'entre eux.

— Et puis d'abord, mon père, y cause de ce qu'il veut !

Sachant qu'avec deux enragés pareils, capables de se chicaner pendant des heures sans se lasser, on n'était pas sorti de l'auberge, je décidai de faire diversion.

— Mon père, y dit que c'est pas de la Bête qu'il faut avoir peur… mais des Allemands.

Les châtaignes de Dédé

J'avais, comme qui dirait, mis les pieds dans le plat. Les Allemands, on évitait soigneusement d'en parler au village, mais n'empêche qu'ils étaient dans toutes les têtes.

La guerre, par ici, on l'avait pas vraiment vue, ni vécue.

Il y avait bien quelques gars qui étaient rentrés, après la défaite, mais ils étaient plutôt taiseux sur le sujet. Dans leurs yeux, on sentait une horreur, des images terribles qui ne les quittaient plus.

J'avais entendu Pierre, un de ces « rescapés » qui, une fois bien poussé dans ses retranchements, avait parlé, avec un étrange humour, de la « drôle de guerre[1] ».

C'était chez la Lulu, bien sûr, et j'étais là avec mon père.

Passionné, je l'avais écouté raconter comment, embrigadé dans la cavalerie, il était monté à cheval dans le nord, à la frontière belge, pour attendre

---

1 Voir annexes, page 164.

l'ennemi avec tous les autres conscrits pendant plus de neuf mois. Neuf mois, où, avoua-il, il n'avait jamais autant joué aux cartes, entre deux manœuvres pour occuper les troupes désœuvrées qui ne savaient pas très bien ce qu'elles attendaient. On leur faisait construire des ponts, pour les démolir ensuite…

Puis, en juin 1940, le déluge d'acier. Les chars, par centaines, leur déboulaient dessus, monstres mécaniques écrasant toute résistance. Les troupes françaises se débandaient, privées d'ordres et de commandement, dans le chaos le plus total.

Pierre s'était retrouvé désemparé, coupé des autres, avec quelques-uns de ses compagnons.

Ils avaient fui à travers bois, sur les routes envahies de civils qui, eux aussi, désertaient le nord avec ce qu'ils avaient pu emporter, en voiture ou à pied, mitraillés par les ombres hurlantes des Stukas, les bombardiers allemands qui tombaient du ciel tels de noirs oiseaux de proie mécaniques.

Les châtaignes de Dédé

Ils sortaient des bois, un char déboulait, tigre de métal crachant le feu. Ils replongeaient dans les fourrés, se cachaient dans des granges abandonnées pour dormir, terrifiés à l'idée d'être surpris par des troupes allemandes, arrêtés et envoyés en camps de prisonniers, là-bas…

Ils avaient traversé toute la France en diagonale, franchissant des ponts juste avant que le génie[1] ne les fasse exploser pour couper la route aux Allemands.

Pierre racontait comment un de ses camarades marseillais, alors qu'ils traversaient un de ces ponts minés à bord d'un camion d'emprunt, vers Orléans, entendant des explosions, s'était mis à hurler, avec son accent méridional : « Le pont pète ! Le pont pète ! » Il en plaisantait, et il avait des larmes dans les yeux, mais de rire ou d'autre chose, bien malin qui aurait pu le dire.

Enfin, quand ils étaient arrivés à Bordeaux, ils

---

1 Corps d'armée chargé de la construction et de la destruction des place fortes (forteresses, ponts). Parmi leurs rangs, on trouve des ingénieurs, des sapeurs etc.

s'étaient présentés à l'état-major pour s'entendre dire que la guerre était terminée, que le gouvernement avait capitulé. La France était coupée en deux. Une zone occupée par les Allemands, au nord, et la zone libre, au sud, où ils avaient la chance de se trouver. Ils pouvaient rentrer chez eux.

Pierre était revenu… Certains n'avaient pas eu cette chance. Morts au combat ou partis en camps de prisonniers, en Allemagne. On en avait un ou deux comme ça, au village, dont l'absence se faisait cruellement sentir.

Cette guerre, on savait donc très bien qu'elle était là, mais on évitait d'y penser. On avait la chance d'être en « zone libre », la partie sud de la France encore dirigée par notre gouvernement… Celui du maréchal Pétain, qui s'était installé à Vichy et qui collaborait avec l'Allemagne.

Il y en avait bien quelques-uns qui disaient que ça ne durerait pas, que les Allemands finiraient par tout prendre, que Pétain et son gouvernement étaient justes des fantoches à la solde d'Hitler. On ne les écoutait pas. On ne voulait pas les écouter. La plupart des gens croyaient encore au discours officiel, ou voulaient y croire… jusqu'à il y avait un mois, quand les troupes allemandes avaient envahi la zone libre.

Ça avait été un choc. Même si on savait, par la radio et les gens de passage, que c'était la vérité, que les Allemands se trouvaient partout, même à Murat ou à Saint-Flour, les villes les plus proches, on n'y croyait qu'à moitié… On ne voulait pas y croire, comme un mauvais rêve qui se dissiperait si on évitait d'y penser.

Certains avaient eu affaire à la ville et étaient descendus à Murat… Ils avaient vu, eux, le drapeau rouge à la croix gammée noire qui avait remplacé notre étendard bleu, blanc, rouge sur la mairie, et les « loups verts », les « fritz », « les doryphores », comme on appelait les soldats allemands, qui se pavanaient dans les rues avec leur uniforme rutilant.

Là aussi, on évitait d'en parler. Personne, devant les enfants, ne posait de questions.

Mais la réalité était bien là, comme une douleur à une dent qui ne passe pas, même quand on tente de l'ignorer du plus fort qu'on peut. Elle est derrière tout… On n'arrive jamais à l'oublier tout à fait.

— Mon père… Y dit que, si on parle de la Bête, c'est pour pas penser aux Allemands.

J'avais prononcé ces mots d'une voix absente, alors que nous traversions la place pour parvenir à l'école, et j'y réfléchissais alors même qu'ils sortaient de mes lèvres. Je n'avais jusqu'alors pas très bien compris ces paroles, mais leur sens finissait par s'imposer à moi. Je poursuivais :

» Y dit que les Allemands, ils existent vraiment, alors que la Bête, c'est juste notre imagination.

Nous étions presque arrivés au perron, à portée de voix de Monsieur Antoine, mais Gaston n'avait pu se retenir.

— Ton… ton père… Y cogite trop du ca… ca… *caberlot.* C'est pas bon. Il a le cer… cer… cerveau qui fume.

Il avait poursuivi, péremptoire, alors que nous arrivions en bas des marches :

» La Bête, elle existe, moi je… jeje… je le sais… J'ai vu ses traces à côté de chez moi… Elles… elles sont é… é… énormes !

Celle-là, il nous l'avait déjà sortie, et je n'y avais pas cru la première fois… Des traces de mouton géant, ça faisait rire tout le monde. Je l'aurais bien mis en boîte une fois encore, mais je n'ai pas eu le temps.

— Allez les enfants, pressons, vous êtes les derniers.

Monsieur Antoine, du haut des marches, abaissait sur nous un regard bienveillant.

Nous avons gravi les degrés de pierre, sommes passés devant l'instituteur en lui adressant des

« bonjours » auxquels il a répondu de sa voix chaude et ample, et sommes entrés dans le couloir.

Nous avons accroché nos grosses vestes, nos casquettes et nos chandails aux patères des murs, avons enlevé nos godillots tout mouillés, enfilé nos chaussons et sommes entrés dans la salle de classe.

Maurice y était déjà et me fit un sourire qui illumina ses grands yeux sombres et tristes, comme si on venait d'y allumer la lumière… Un sourire que je lui rendis aussitôt.

Maurice, c'était mon voisin de classe depuis le début de l'année, et c'était devenu mon meilleur ami…

CHAPITRE 4
Moshe

Il n'était pas d'ici, Maurice, il venait de la ville, pas Aurillac ou Saint-Flour ou Mende, non, la vraie grande ville, Paris.

Ses parents l'avaient envoyé ici au début de la guerre, et c'est Monsieur Antoine qui s'était occupé de lui, le logeait et le nourrissait. Il disait que c'était son neveu, mais je savais, moi, que c'était faux.

D'ailleurs, Maurice ne s'appelait pas Maurice. Son vrai prénom, il me l'avait dit un jour, c'était Moshe et, en hébreu, j'avais appris que ça voulait dire Moïse.

Moshe était juif… Moi, dans mon coin au bout du monde, je savais pas vraiment ce que c'étaient les Juifs.

D'après ce qu'on m'avait dit, ils croyaient en Dieu aussi, d'une manière un peu différente, mais c'était à peu près toutes mes connaissances en la matière.

Je savais aussi que la police et les Allemands les recherchaient, même si je ne comprenais pas pourquoi… Certaines personnes disaient qu'il fallait les dénoncer parce qu'ils complotaient contre la France.

Mais Moshe, lui, il complotait contre personne.

Jamais je n'avais vu quelqu'un de plus juste, plus raisonnable, plus posé, plus attentif aux soucis des autres. C'est d'ailleurs ce qui nous avait rapprochés, au début, quand Monsieur Antoine l'avait présenté à toute la classe et avait dit à qu'il resterait parmi nous cette année, et peut-être les suivantes.

On l'avait regardé de travers. Dans ce coin d'Auvergne, où on se méfiait des étrangers pire que de la peste, on ne voyait pas d'un très bon œil arriver un nouveau venu. Les chiens ne font pas des chats, comme on dit, et ce qui était vrai chez les adultes l'était aussi chez les enfants.

Monsieur Antoine avait donc placé Moshe à côté de moi. Au début, j'étais sur ma réserve *cantalouse*, mais il était tellement gentil, tellement ouvert, intéressant et intéressé, il savait tellement de choses et était curieux de tout, des autres, de moi, que je n'avais pu résister… Je l'entraînais dans la campagne. Je lui apprenais le *païs*[1], les plantes, les champignons, les oiseaux, et nos expressions les plus « pittoresques ». Lui me faisait la lecture, me parlait d'astronomie, d'archéologie et de mille autres sujets passionnants. Depuis que je le connaissais, moi qui n'en ouvrais auparavant jamais un, j'étais devenu boulimique de livres… Il n'y en avait jamais assez.

En moins de six mois, il était devenu mon meilleur ami… Et un jour, il m'avait avoué son secret, en me disant bien de ne jamais le répéter à personne.

---

1 En occitan, comme en espagnol, *païs* signifie « pays ».

Ses parents, scientifiques tous les deux, comme beaucoup d'autres, craignant pour la sécurité de leurs enfants, l'avaient envoyé « au vert » par un réseau clandestin dont Monsieur Antoine était sympathisant.

Quand je lui avais demandé pourquoi ses parents n'étaient pas venus avec lui, il m'avait répondu que ça ne leur avait pas été possible… Et, quand j'avais insisté pour savoir s'il avait de leurs nouvelles, il avait gardé le silence, mais j'avais vu, dans ses yeux, briller des larmes, de ces larmes terribles qui ne veulent pas couler.

— Ils les ont emportés, m'avait-il seulement murmuré.

— Qui ça, eux ? avais-je osé du bout des lèvres.

— Les hommes en noir. Les nazis… C'est eux qui les ont pris…

Devant la détresse de ses grands yeux sombres, je n'avais pas insisté.

Après un long silence insupportable, j'avais posé ma main sur son épaule pour lui dire, avec autant de conviction que je pouvais.

— Tu les reverras. Un jour tu les reverras…

À cela il m'avait répondu, avec un calme terrifiant :

— Là où on les envoie, personne ne revient.

Je ne savais pas ce qu'il voulait dire alors, car aucun d'entre nous n'imaginait, à ce moment, la capacité de l'humain à devenir inhumain et à faire de la mort une industrie bien réglée… Tout ce que savait Moshe, c'était qu'aucun de ceux qu'on avait raflés et envoyés dans ces trains qui partaient pour l'Allemagne n'était revenu ni n'avait donné de nouvelles. Et il n'était pas naïf au point de croire qu'on sortait les gens de chez eux au plus noir de la nuit et qu'on les entassait dans des wagons à bestiaux, poussés par les gueules noires et froides des fusils, parce qu'on leur voulait du bien.

Ce jour-là, je me rappelle, je me suis assis à notre table, et j'ai ouvert mon cartable usé et encore taché de neige pour en sortir l'exemplaire du *Monde perdu*, d'Arthur Conan Doyle, qu'il m'avait prêté et que je venais de dévorer.

— Ça t'a plu ? m'a-t-il demandé, ses yeux immenses, qui semblaient vouloir embrasser l'univers entier, attendant ma réponse comme si elle était la chose la plus importante au monde.

— C'était… C'était…

Je ne trouvais pas les mots pour lui exprimer mon émotion au cours de ce voyage extraordinaire, avec ces monstres préhistoriques, ces hommes-singes cruels, ces terribles ptérodactyles, tant tout ça m'avait transporté ailleurs et ouvert des horizons que je n'aurais jamais soupçonnés…

Je n'ai pas eu le temps de lui en dire plus car la voix de Monsieur Antoine s'est élevée dans la classe, cette voix qui savait ramener l'ordre et le calme avec une autorité naturelle et bienveillante.

— Allons les enfants, faites silence. Le cours va commencer. Sortez vos cahiers d'histoire…

Et tout un chacun farfouillait déjà dans son cartable, dans le joyeux désordre qui précède toujours le début d'une leçon, quand soudain, du dehors, nous parvint une rumeur, un bruit inhabituel, une fausse note dans la tranquillité hivernale de notre coin de nulle part…

C'était un grondement, lointain, vague, mais qui se rapprochait, pas celui d'un orage, non, autre chose, de plus continu, mécanique, que je devinais menaçant, sans pouvoir dire pourquoi.

LE RETOUR de la Bête

Je l'ignorais encore, mais un autre prédateur, plus terrible qu'une bête légendaire, venait de s'inviter dans notre petit monde…

Et puis un cri, un cri qui cristallisa, à lui seul, la sourde angoisse qui nous étreignait tous.

Moshe

— Les Allemands !

CHAPITRE 5

Les loups verts

Ces quatre syllabes montées d'une gorge de femme, quelque part dans le village, toutes chargées d'angoisse, non, plus encore, de terreur, nous frappèrent avec une force et une violence que je ne saurais pas vous dire.

Ce cri terrible faisait voler en éclats la petite bulle où nous nous croyions jusqu'alors protégés des misères du monde, du grand monde. Le cauchemar s'invitait, ce matin-là, dans notre réalité.

Abasourdi, en comprenant soudain que la guerre avait fini par nous rattraper nous aussi, que les horreurs dont nous avions entendu parler étaient à notre porte, je me tournais vers Moshe.

En découvrant son regard traqué, je réalisais que, pour lui, ces deux mots recouvraient une vérité plus terrible encore.

Car il savait ce qui l'attendait aux mains de ces hommes en uniforme qui approchaient de notre village, comme une meute de loups en maraude poussée hors des bois par la faim.

Monsieur Antoine, lui aussi, dut comprendre aussitôt, car il nous lança.

— Les enfants, restez assis.

Faisant signe à mon ami de se lever, il ordonna :

» Maurice, viens vite, vite…

Moshe savait. Il avait, devinais-je, déjà vécu ça. Il se leva sans attendre et se dirigea vers notre professeur, qui le pressait de la main.

— Vite, vite…

Il jetait des regards de plus en plus inquiets vers la fenêtre. Je fis de même… et frissonnais.

Une étrange bête de métal noir, au museau

curieusement semblable à celui d'un loup (ou bien était-ce mon imagination ?), frappée de la croix haïssable de l'envahisseur, s'avançait sur ses roues et ses chenillettes dans le blanc immaculé de la neige.

Il y avait une telle incongruité, entre cet engin de guerre sombre, massif et tout en angles, et la douce blancheur de ce qui l'entourait, que j'eus un sentiment d'irréalité. Le half-track s'arrêta pile devant la mairie, aussitôt imité par un camion de transport bâché d'où sautèrent immédiatement une troupe de soldats en uniforme vert-de-gris et brassard rouge frappé de la croix gammée.

À peine avaient-ils mis pieds à terre qu'ils se dirigeaient vers les maisons environnantes, et que deux d'entre eux s'approchaient de la mairie.

Monsieur Antoine et Moshe échangèrent un nouveau regard. Mon ami tourna la tête vers moi. Son expression me serra la gorge.

Ils sortirent de la pièce et se dirigèrent vers le fond du couloir.

Je savais qu'il y avait une porte à l'arrière. J'entendis la clef tourner dans la serrure, juste avant que la porte d'entrée ne s'ouvre sous un coup terrible et ne vienne frapper contre le mur.

À peine avait-elle claqué qu'une ombre prédatrice, haute et puissante, coiffée d'un casque luisant, brandissant devant elle la forme laide et trapue d'un pistolet-mitrailleur, s'introduisait dans la salle…

Sous le métal du casque, un visage jeune et anguleux nous fixa quelques secondes de son regard pâle alors que la froide gueule de son arme balayait nos rangs.

Alors, pour la première fois de ma vie, je sus ce qu'était la peur, la vraie peur, celle de l'humain face au prédateur, au mal… au mal absolu.

Car ce regard était celui d'un mort, une âme morte, qui avait oublié depuis longtemps les mots : morale, pitié et compassion… le regard d'un fauve dressé dans un corps d'homme.

Un fauve qui demanda, dans un français qu'éraillait cet accent que je n'oublierai jamais.

— Où est votre professeur ?

Personne ne répondit, plus par hébétude que par volonté de résister, mais des regards convergèrent vers l'autre bout du couloir. Ce fut suffisant.

Le loup à visage d'homme se retourna, aboya un ordre à un de ses congénères. Tous deux s'élancèrent vers l'arrière sur les traces de Monsieur Antoine et de Moshe.

Le silence qui suivit, encore peuplé de leur terrible présence, je ne souhaite à personne d'en connaître de semblables. Nous n'entendions plus que les battements de nos cœurs, et je guettais, avec angoisse, un cri ou le tir d'une arme automatique.

Quand l'un et l'autre résonnèrent, je crois bien que j'ai hurlé. J'imaginais déjà, s'écroulant dans la neige et l'abreuvant de leur sang, les corps percés de balles de mon ami et de notre instituteur.

Il y eut d'interminables secondes pendant lesquelles, incapable de bouger le moindre muscle, je sentais ma respiration se faire sifflante. Je voyais, encore et encore, les balles frappant Moshe et Monsieur Antoine, leur arrachant la vie…

Sans plus me préoccuper de ce qui pourrait arriver, je me mis à courir à travers la salle de classe, puis le couloir, pour enfin déboucher à l'arrière de la mairie, cligner des yeux dans la lueur aveuglante de la neige, tenter de faire le point et découvrir…

Les silhouettes de Moshe et de Monsieur Antoine, mains sur la tête, encadrées par les deux SS qui pointaient vers eux les canons de leurs armes, avançaient à travers le champ, droit dans ma direction.

Je m'écartais prudemment quand ils passèrent devant moi dans le couloir, mais je surpris le regard de Moshe, ses grands yeux d'habitude pleins d'étoiles, mais aujourd'hui éteints comme un ciel dont on aurait mouché la flamme de l'espoir.

Cet espoir, à cet instant, je me jurais de le rallumer.

CHAPITRE 6

Conseil de guerre

Réunis dans la grange de ma Mamie Craquotte, nous tenions conseil de guerre.

La classe, aujourd'hui, avait été annulée faute d'enseignant. Chacun avait eu pour consigne de rentrer chez lui, mais aucun d'entre nous n'avait envie de rester seul. Quant à moi, je voulais, avant toute chose, et même si c'était un projet fou, irréaliste, sauver Moshe et Monsieur Antoine.

Nous avions donc convenu de nous retrouver tous ici, chez ma grand-mère.

Dans le prolongement de sa maison, la grange servait de débarras depuis des années. Il s'y entassait un nombre incroyable de trucs et de bidules plus ou moins étranges… On n'en finissait jamais, Françoise, les copains et moi, de l'explorer et d'y faire des découvertes.

Une fois, on y avait trouvé un masque à gaz qui avait appartenu à mon grand-père et qu'il avait rapporté de « la Grande Guerre »… Il ne lui avait pas vraiment été d'un grand secours puisqu'il avait été gazé dans une tranchée du côté de Sedan et, toute sa vie, en avait gardé des séquelles. J'avais néanmoins gardé le masque et je le mettais parfois pour jouer au soldat. Ça sentait le vieux caoutchouc et une étrange odeur un peu piquante.

Mais ce n'était pas pour le masque à gaz que nous étions là, non, c'était pour la Panhard.

La Panhard, « la Panard », c'était la vieille voiture de mon grand-père Alfred.

Bricoleur, il l'avait transformée en camion de ses propres mains et, il y avait des années, sillonnait les routes de la région à bord de son « trapanelle infernal », comme l'appelaient les vieux du pays. Sa silhouette unique et incongrue, son bruit de moteur, étaient connus de tout le monde.

Il était le seul à pouvoir dompter son « dragon mécanique ». « Faut la traiter gentiment ! » qu'y disait. « Ma Panard, elle sent quand on l'aime. »

Il devait avoir raison, et elle devait bien être un peu sorcière, cette incroyable guimbarde. Même mon père, pourtant doué en mécanique, avait renoncé à s'en servir.

Elle restait donc dans la grange et était devenue, pour les aventuriers en herbe que nous étions, un extraordinaire jouet… Le plus beau qu'on puisse nous offrir.

Dès que nous avions cinq minutes, le goûter expédié, nous venions dans la grange avec les copains. Je montais au volant, d'autres à côté de moi sur la banquette, ou sur le hayon arrière, et nous étions partis… En imagination, nous transportions des cargaisons extrêmement dangereuses au fin fond de l'Amazonie, à travers le Sahara ou l'Himalaya… La grange se transformait en scène de cinéma pour la projection de nos rêves… Je m'usais les muscles à tourner d'un côté à l'autre l'immense volant comme si j'étais sur les chemins bourbeux de quelque jungle équatoriale.

Nous affrontions des tigres, des singes redoutables, des tribus sauvages, et toujours les « Chleuhs[1] », jamais très loin derrière nous… Tout ça à grand renfort de cris et de rugissements terribles… On devait nous entendre à l'autre bout du village.

C'est depuis sa banquette que, prenant d'autorité la tête du groupe, j'avais ordonné à chacun de mes compagnons de partir aux renseignements et de nous retrouver ici… Ce qui avait été fait. Tout un chacun revenait à peine de sa mission respective.

---

1 Terme péjoratif désignant les Allemands pendant la Seconde Guerre mondiale et même après.

Conseil de guerre

Une fois n'est pas coutume, c'est ce grand échalas de Gaston qui commença, de sa voix qui cafouillait dans les moments de tension, et celui là en était un.

— Sont pas… Sont pas… Sont pas venus pour Mau… Pour Maumau… Pour Maurice…

— Moshe, avais-je corrigé par automatisme pour la vingtième fois, maintenant qu'il était devenu inutile d'affubler mon ami d'un prénom qui n'était pas le sien.

— D'accord, Moshe, acquiesça aussitôt Dédé. Ça fait quand même bizarre, comme nom.

— En hébreu, c'est Moïse.

Je n'avais pas de mérite, c'était Moshe qui me l'avait dit.

— Fallait le dire tout de suite ! Moïse, ça a la classe.

Ignorant sa remarque, je me retournais vers Gaston.

— Alors, tu accouches ?

Le grand machin avait repris son discours saccadé.

— Y cherchent des… des maquis… des

maquisards[1] dans la montagne... C'est pour ça qui sont montés au village... C'est pas de bol... Quand ils ont trouvé Monsieur Antoine et Mo... Momo... Moshe... C'était le... le hasard...

Je pestais. Ça nous faisait une belle jambe de savoir ça.

Dédé, qui suçotait un bâton de réglisse, intervint à son tour.

— D'après ce qui se dit au village (chique, chique), ils vont rester jusqu'à demain (chique, chique) pour ratisser les environs (chique, chique). Z'ont pris leurs quartiers à la mairie (chique, chique).

Il entrecoupait chaque phrase d'un bruit de succion insupportable, je l'aurais étranglé.

— Tu peux pas parler quelques secondes sans avoir quelque chose à la bouche ?

— Non (chique, chique). Ça m'aide à réfléchir.

1 Un maquisard est un résistant à l'occupation allemande entre 1940 et 1945. Il appartient à un « maquis », un groupe de résistants. On dit « maquis » car ils ont « pris le maquis », c'est-à-dire qu'ils sont partis se cacher dans les régions peu peuplées, les forêts ou montagnes.

— Et Moshe et Monsieur Antoine ?

— Les ont enfermés à la mairie. Vont les garder jusqu'à demain.

— Et après ? avais-je demandé avec un serrement au cœur en pensant à mon ami prisonnier dans les murs de notre école, sans savoir le sort qu'on lui réservait. J'espérais seulement qu'il n'était pas seul, que Monsieur Antoine était avec lui.

Françoise, qui avait gardé jusqu'à présent le silence, m'avait renseigné.

— J'ai traîné un peu au café et j'ai tendu l'oreille.

— Et alors ? Je la pressais.

— Alors, ils vont les emmener demain en ville…

Elle avait plissé le front.

» Y a le père Gustave qui a dit que le pauvre Monsieur Antoine, il allait lui arriver de bien vilaines choses, et que Maurice on le reverrait pas.

Elle avait levé vers nous sa bouille d'oiseau et ses immenses yeux bleus.

» Ça veut dire quoi, de bien vilaines choses ?

Je n'en savais pas plus qu'elle, mais j'avais peut-être un peu plus d'imagination, assez pour en faire des cauchemars… J'avais déjà entendu, moi, les rumeurs concernant les « maisons » où la Gestapo « invitait » les personnes soupçonnées d'appartenir à la Résistance, et ce qu'on leur faisait… Cela, je ne voulais surtout pas le dire à Françoise pour ne pas salir à jamais l'azur de ses grands yeux.

Je fis celui qui n'avait pas entendu.

— Il faut faire quelque chose !

Je n'avais pas besoin de me forcer pour paraître sincère. Je l'étais de tout mon être, révolté à l'idée qu'on puisse les abandonner ainsi à leur sort effroyable. Monsieur Antoine aux mains des monstres de la Gestapo et Moshe envoyé dans un de ces trains pour une de ces destinations mystérieuses d'où on ne revenait pas. Pour un peu, je serais parti tout de suite à leur rescousse.

Dédé me remit les pieds sur terre.

— Ah oui, et quoi ?

— Je ne sais pas, moi ! Les sauver ! Les faire s'évader.

— Et coco… coco… comment tu veux qu'on fasse une chose pareille ? On… On est que… que des gosses, et eux c'est des… des…

Il cherchait le mot, Gaston, mais n'en trouvait pas d'assez fort.

« … des loups.

Il avait trouvé le terme exact, celui qui m'était aussi venu à l'esprit quand j'avais vu le visage du SS sous son casque noir.

Je n'en démordais pas pour autant.

— Je ne sais pas, moi. Il faudrait faire diversion, les attirer dehors…

— La Bête, elle, elle en ferait qu'une bouchée.

Les mots de Françoise résonnaient soudain dans la grange.

— Qu'est-ce que tu as dit ? lui demandais-je.

Elle me renvoya un de ces regards dont elle avait le secret, tout d'innocence et de candeur.

— C'est Mamie Craquotte qui l'a dit tout à l'heure, que la Bête, plutôt que de bouffer le bétail, elle ferait mieux de croquer les boches.

Je fixais ma petite sœur comme si elle avait été un véritable génie avant de me tourner vers les autres et d'annoncer.

— J'ai une idée.

Mon regard glissa vers la vieille Panhard et le fatras qui se pressait autour.

CHAPITRE 7
Un trouillassou

— Vous me promettez de ne pas fiche de bazar ?

Mamie Craquotte nous fixait par-dessus ses montures de lunettes avec un regard à la fois doux, légèrement moqueur et perspicace, le genre de regard qui vous donnait l'impression d'être aussi transparent que du verre… Moi qui n'avais jamais été doué pour le mensonge, je me sentais aussi à l'aise qu'un chat dans un bain d'eau glacée.

— Promis, mamie, on fera très attention.

Mes parents demandaient depuis des années à mamie de venir habiter chez nous, mais elle avait toujours refusé. Elle était bien chez elle, au milieu de ses livres, qu'elle adorait, beaucoup de poésies et de pièces de théâtre qu'elle connaissait par cœur.

Ma grand-mère, c'était un peu la « sachante » et la magicienne du village, les gens la regardaient comme une vieille excentrique. Elle nous confectionnait des costumes et des déguisements, à Françoise et à moi, nous lisait des histoires ou nous récitait des tirades d'une œuvre ou d'une autre, en particulier de *Cyrano de Bergerac*, qu'elle connaissait par cœur, du début à la fin.».

Elle était aussi gourmande, et ça se voyait, ronde et dodue comme elle l'était, mais une rondeur sympathique, toute en sourire et en joie, sans une once de malveillance.

Elle aimait cuisiner. Quand nous allions chez elle, c'est-à-dire à peu près tous les jours en revenant de l'école, sur les quatre heures, elle nous préparait, à nous et aux copains, des goûters extraordinaires…

Elle faisait les meilleures tartines au beurre et

au chocolat râpé du village, mais aussi, et surtout, une spécialité qu'elle avait rapportée avec elle de sa Corrèze natale : les merveilles, des beignets délicieux. Elle nous en faisait une fois par semaine, un énorme plat… mais il n'en restait jamais un. Dédé, qui en était fou et aurait vendu son âme au diable pour en manger, y veillait.

Cette fois pourtant, ce n'était pas pour ses tartines que nous la sollicitions, mais pour un autre projet.

J'avais dit à Mamie Craquotte que je souhaitais préparer un spectacle et que je ne voulais pas qu'elle rentre dans la grange pour quelques jours…

Habituée qu'elle était à nous préparer des pièces de théâtre improvisées sur la grande table de la salle à manger, elle n'avait pas été trop difficile à convaincre, surtout quand Françoise lui avait fait ses grands yeux suppliants de chaton auxquels personne ne résistait.

J'espérais que sa curiosité naturelle ne l'emporterait

pas sur sa parole… Cela étant, même si elle entrait dans la grange, elle serait surprise, mais se dirait seulement que les chiens ne faisaient pas des chats et que nous étions bien ses petits-enfants…

Son accord à peine obtenu, nous avons tous filé vers la grange et l'avons ouverte.

Là, dans la pénombre à l'odeur de poussière, au milieu du capharnaüm plus ou moins agricole de bois et de fer rouillé, nous attendait la Panhard, son mufle grillagé flanqué de ses gros phares qui lui faisaient comme deux énormes yeux jaunes.

Elle semblait nous attendre.

Gaston, qui se tenait à côté de moi, avança prudemment.

— T'es… t'es sûr de ton coup, là ?

Non, je n'étais pas sûr de mon coup. Là, devant l'ampleur de la tâche et sa réalité soudaine, je commençais à douter, mais je savais aussi que, si je laissais les autres le sentir, nous n'y arriverions pas.

Je répondis donc, de la voix la plus ferme possible :

— Sûr !

— Quand… quand même… C'est gonflé ton tr… truc. Si on se… se fait prendre, ça va ba… barder.

— T’as la pétoche ?

Pris d’une inspiration subite, j’ajoutais aussitôt :

» T’es un *trouillassou* ou quoi ?

Ça, c’était l’insulte suprême. Traiter un copain de *trouillassou*, c’était mettre en doute ses qualités viriles, ce qui, à notre âge et à cette époque, ne pouvait se régler que par une bagarre en bonne et due forme, ou un défi à relever.

Bref, comme je l’avais compris depuis longtemps, il n’y avait pas mieux pour forcer un copain à faire quelque chose qu’il n’avait pas envie de faire.

Combien d’actes insensés, du plus bénin au plus grave, ont dû être commis autour du monde de cette manière ? Je préfère aujourd’hui ne pas y penser.

Ce jour-là, cependant, je comptais bien dessus, et j’avais raison.

— Je suis pas un trou… un troutrou… Un *trouillassou* ! Et je me dé… dédé… dégonfle pas.

C’était déjà ça de gagné. La première partie de

mon plan se mettait en place comme je le souhaitais. Maintenant, restait le plus dur, passer de l'idée à la réalité.

Nous étions là tous les trois, à fixer la « Panard », qui nous rendait notre regard de ses deux phares, quand un son monstrueux s'éleva derrière nous, nous faisant tous sursauter.

Nous nous retournâmes tous d'un coup, le cœur battant, pour découvrir la figure joviale et rougeaude de Dédé, un instrument improbable, rejeton honteux de la trompette et du cor de chasse, encore embouché au coin des lèvres.

Mon cœur, une fois encore, battait la chamade. En temps normal, j'aurais sauté sur Dédé à bras raccourcis.

Mais pas cette fois…

Cette fois, un grand sourire étira mes lèvres.

C'était parfait.

CHAPITRE 8

La naissance d'une bête

— Moi, j'ai une peau de vache et des cornes !

J'abandonnais la lanterne que j'étais en train de fixer pour tourner la tête vers une étrange créature qui s'avançait vers moi en chancelant d'un bord à l'autre, depuis l'entrée de la grange. Ça ressemblait vaguement à un nain qu'on aurait vêtu d'un pelage roux et ras. Le couronnaient deux cornes impressionnantes qu'une petite main retenait tant bien que mal.

Une voix étouffée filtra de l'improbable assemblage.

— Pourriez me donner un coup de main ? C'est lourd.

Gaston, secourable, déploya sa grande carcasse depuis la Panhard et vint soulager ma sœur de son fardeau.

Le gnome velu redevint aussitôt un petit lutin souriant qui ajouta :

— J'ai aussi trouvé ça.

Elle brandissait fièrement une cloche à vache.

Nous nous sommes regardés avec Gaston, puis avec Dédé, qui finissait d'accrocher la précédente peau de vache que nous avions « empruntée », et nous avons éclaté de rire, le premier, nous semblait-il, depuis bien longtemps.

Cela faisait des heures que nous trimions autour de la vieille Panhard sur notre projet fou, et je dois bien avouer que, si nous nous étions arrêtés cinq minutes pour réfléchir, jamais nous ne l'aurions mené à terme, et cette histoire aurait peut-être eu une autre conclusion.

— Ça y est, j'ai fini ! s'exclama soudain Dédé avec un visible soulagement, les doigts rouges et enflés des coups de marteau qu'il s'était infligés.

— Eh ben voi… voilà de quoi t'occuper ! lui dit Gaston en lui lançant la grande peau couleur fauve que Dédé rattrapa au vol.

Je finis quant à moi de fixer la lanterne au verre grossissant sur la structure de bois que nous avions improvisée sur le capot de la Panhard.

— Allez, balance, lançai-je à Dédé en tendant les mains.

Il me fit passer un bout de la lourde peau que je saisis avant de la tendre jusqu'au bout du capot afin qu'elle recouvre notre bricolage.

Une lanterne dépassait un peu. L'autre était trop couverte… Je tirais d'un côté… Oui, c'était mieux comme ça… Plus inquiétant…

— Vous avez les bougies ? ai-je demandé.

Dédé brandit triomphalement deux cierges blancs.

— Où est-ce que tu as pris ça ?

Je craignais d'avance la réponse. J'avais raison.

— À l'église, m'avoua Dédé sans hésiter, son bon visage joufflu fendu en deux par un large sourire.

— L'église ! Mais enfin…

La naissance d'une bête

J'avais été élevé dans le respect de la religion, moi, comme tout un chacun dans notre bout du monde, à la messe tous les dimanches. Ce diable de Dédé, lui, tout en gueule qu'il était, avait déjà sifflé le vin de messe à la bouteille quand le curé était absent… et maintenant il chapardait les cierges ! C'étaient des coups à finir au moins au purgatoire, voire un peu plus bas.

Mais Dédé avait réponse à tout.

— Y nous en voudra pas, le bon Dieu, c'est pour une bonne action.

Vu comme ça, évidemment.

Je prenais les deux cierges, en cassais un bout et les plaçais l'un après l'autre dans leur lanterne respective.

— Allumettes ! demandai-je enfin en tendant la main.

Quelques secondes plus tard, je recevais dans ma paume la petite boîte en carton.

J'en tirais aussitôt une allumette et la craquais sur le grattoir. Protégeant la flamme de ma main, j'allumais la première bougie et refermais la porte de la lanterne. Sans perdre de temps, je passais à la seconde.

Cela fait, je demandai à mes compagnons qui, cessant leur ouvrage, s'étaient reculés à quelques mètres :

— Alors ?

Aucun ne me répondit. Ils gardaient les yeux fixés dans ma direction, comme hypnotisés.

Il fallut bien que je descende à mon tour et que je les rejoigne pour me retourner et jeter un coup d'œil à notre œuvre.

J'écarquillai les yeux.

C'est sûr, ce n'était peut-être pas Hollywood ou les films américains que le cinéma ambulant venait parfois projeter l'été sur la façade de la mairie, mais quand même… Ça avait de la gueule… Une sacrée gueule… Une gueule hérissée de crocs de fer, aux yeux luisants, dont l'un, légèrement plus gros que l'autre, lui donnait un regard plus terrible encore.

— Vous croyez pas qu'on pourrait y ajouter une autre fourche pour les dents ? demanda Dédé pour qui le mot « trop » n'existait pas.

Je fronçai un peu les sourcils, penchai la tête d'un côté, de l'autre.

— Je crois qu'y en a assez comme ça, murmurai-je avec la main sous le menton, comme un ingénieur inspectant son dernier chef-d'œuvre. Et c'était bien vrai que le débordement de dents d'acier qui jaillissaient de la gueule rouquine un peu dans tous les sens était largement suffisant… Plus, ça aurait été de la gourmandise.

Ne restait qu'un détail.

» Vous avez la poudre ?

Gaston nous présenta triomphalement un petit récipient de cuivre, celui qui contenait la « poudre à souche » de son grand-père, celle dont il se servait pour faire exploser les vieux troncs pourris… De quoi faire un beau feu d'artifice une fois bien conditionnée.

Nous étions prêts… du moins, autant que nous pouvions l'être.

— Chacun de vous sait ce qu'il a à faire ? demandai-je avec une voix que je voulais assurée.

Tous me répondirent par un hochement de tête.

Je pris une grande inspiration, saisis, dans ma poche, la montre de gousset que j'avais eue pour ma communion, celle de mon grand-père.

Sept heures du soir. Il faisait nuit noire.

Dans trois heures, nous agirions.

CHAPITRE 9

Un plan plein de trous

Cette nuit-là, et à ce moment précis, collé contre le mur de la première maison faisant face à la mairie, je ne l'aurais avoué à aucun de mes copains, mais j'avais une trouille de tous les diables.

Notre plan, je m'en rends compte aujourd'hui, était plein de trous. Il fallait vraiment être des gosses pour croire qu'il marcherait. Mais parfois, avec un petit coup de pouce du destin, même les choses les plus improbables finissent par réussir…

De ma cachette qui n'en était pas une, je surveillais la petite place et la mairie, aux fenêtres illuminées.

LE RETOUR de la Bête

Un plan plein de trous

Je voyais des silhouettes passer d'un côté et de l'autre, se découpant en ombres chinoises sur la lumière filtrant de l'intérieur. Hautes, larges d'épaules et martiales… celles des soldats.

Il fallait à tout prix que je repère où se trouvaient Moshe et Monsieur Antoine avant que Françoise et les copains ne lancent le spectacle.

Je commençais à désespérer quand je surpris un mouvement, dans une des seules pièces obscures de la bâtisse… Notre salle de classe.

Je plissais les yeux jusqu'à deviner, derrière les barreaux et le verre des fenêtres, une silhouette plus fluette et plus petite que celles qui passaient et repassaient derrière les autres, une silhouette qui ne pouvait appartenir qu'à une personne… Moshe.

Les SS avaient donc enfermé mon ami et Monsieur Antoine dans notre salle de classe. Je me demandais si c'était la preuve d'un humour grinçant, avant de comprendre que c'était une des seules pièces du bâtiment à posséder des barreaux aux fenêtres. (Je m'étais d'ailleurs souvent interrogé à ce sujet. Avait-on peur que certains élèves ne tentent de s'échapper ? Étrange conception de l'enseignement qui déguisait les salles de classe en cellules.)

La porte était fermée à clef. Cette clef, c'était Monsieur Antoine qui la possédait, une clef dont les SS s'étaient certainement servis… Mais, heureusement pour moi, elle avait un double que Monsieur Antoine gardait précieusement dans une petite boîte en fer posée sur son bureau, en face de notre salle de classe. (Je l'avais vu la prendre, un jour qu'il avait égaré l'autre, en jetant un coup d'œil par le battant entrouvert de la porte.)

Cette nuit, cette petite indiscrétion leur vaudrait peut-être la vie sauve, à lui et à Moshe.

Mon regard revint au perron de la mairie.

Là, au sommet des marches, se tenaient deux soldats en noir, impressionnants dans leur lourde gabardine et coiffés de leurs casques massifs. Leur mitrailleuse au flanc, la lanière leur barrant la poitrine, ils surveillaient les environs, leur tête tournant d'un côté à l'autre avec une régularité presque mécanique.

Si je les distinguais si bien, c'est que la lune, à son plein, pointant son œil entre deux nuages, baignait le village de sa pâle clarté.

À vrai dire, je m'en serai bien passé, de la lune. Pour libérer Moshe et Monsieur Antoine, elle ne ferait pas nos affaires, pas plus que la neige qui conserverait nos traces.

Comme quoi il a un dieu pour les enfants et leurs idées saugrenues, les nuées se refermèrent et la neige se mit à tomber.

Cette fois, il était temps… Françoise et les autres ne devraient pas tarder à entrer en scène…

À peine cette pensée m'était-elle venue que la silhouette solitaire et débraillée de ma petite sœur déboulait sur la place en criant à tue-tête.

Un plan plein de trous

— La *Bestia !* La *Bestia !*

Les deux SS, réagissant aussitôt à ce cri qui, dans l'air calme et glacé, semblait gagner une force insoupçonnée, levèrent leur mitrailleuse. Je crus, un effroyable instant, qu'ils allaient l'abattre là.

— *Halt !* hurla l'un deux d'une voix sèche.

Françoise obéit, mais n'en continua pas moins de gesticuler en désignant la route enneigée, derrière elle.

LE RETOUR de la Bête

Un plan plein de trous

— La *Bestia*… La Bête, elle arrive !

— *Was ?* s'enquit le second, qui commença à descendre les marches du perron.

Françoise, pour toute réponse, tendit un bras derrière elle et hurla.

— Elle !

À cet instant précis vint de la route un terrible rugissement, qu'on aurait dit poussé par un fauve énorme aux tripes d'acier… ou quelque dragon tiré d'un très vieux livre de contes.

Alors une lueur rouge monta de ce côté-là, une lueur accompagnée de fumée, et une silhouette s'extirpa de la nuit, une silhouette formidable…

Je m'étais dit qu'elle avait de la gueule, quand je l'avais vue dans la grange, notre Bête. Mais là, tout environnée de fumerolles, son « museau » en débordement de dents brillant d'une clarté rougeâtre, ses deux énormes yeux luisants autour de sa tête bossuée, elle faisait son effet…

Un plan plein de trous

Les SS, qui avaient dû en voir d'autres depuis le début de la guerre, la prirent-ils vraiment pour la Bête monstrueuse que nous avions voulu créer ? Ou crurent-ils que cette espèce de monstre bricolé à la hâte à partir d'un vieux tacot, de quelques peaux de vaches et d'instruments agricoles cachait une attaque des maquisards ? J'ai bien peur, même si mon ego doit un peu en souffrir, que la seconde explication ne soit la bonne.

Toujours est-il qu'ils lancèrent des cris d'alarme à l'intention de leurs congénères restés à l'intérieur, avant de s'élancer vers notre Bête qui s'était immobilisée en haut de la pente, mais continuait de fumer de plus belle et de rugir son cri terrifiant, quoique de plus en plus faiblement…

Suivant mes instructions, Gaston et Dédé, après avoir allumé la poudre et poussé le monstre Panhard jusqu'en haut de la côte, se carapataient à toutes jambes…

Françoise, ayant rempli son rôle, et alors que les deux SS, qui l'avaient totalement oubliée, la dépassaient, en profita pour en faire autant.

L'instant suivant, les deux pistolets-mitrailleurs crachaient une volée de balles en direction de notre Bête qui, bien sûr, ne s'en ressentit guère et continua de fumer de plus belle…

En quelques secondes, la mairie tout entière s'était vidée de ses occupants qui, la gabardine ou l'uniforme enfilé à la diable pour certains, mais l'arme au poing, s'approchaient de notre création en balayant les alentours du canon de leurs armes.

Comme nous l'avions escompté, ils ne surveillaient absolument pas mon côté, et, comme les derniers se trouvaient déjà au milieu de la place, tournant le dos à la mairie, je pris une grande inspiration et m'élançais.

CHAPITRE 10
Une clef pour la liberté

Tous ceux qui me connaissent vous le diront, je ne suis pas un grand sportif, mais je peux vous assurer que cette nuit-là, et même dans cette neige qui m'engluait les pas, j'ai couru comme jamais je ne l'avais fait.

Il n'y avait guère plus de vingt mètres entre la maison à l'angle de laquelle je me cachais et l'entrée de la mairie. Je ne dus pas mettre plus de sept secondes pour les franchir, mais ces sept secondes-là me parurent interminables. À chaque foulée je m'attendais à entendre, derrière moi, s'élever un « *Halt* » semblable à celui qui avait accueilli

Françoise tout à l'heure, ou plus définitif encore, le « tactactac » de la rafale qui me faucherait.

Ce fut avec un sentiment d'irréalité, le cœur cognant dans ma poitrine avec une telle force que je le croyais sur le point de défoncer mes côtes, que je grimpai les quatre marches du perron et, sans une hésitation, m'engouffrai à l'intérieur.

Si un seul des SS était resté dedans ou avait traîné pour enfiler ses vêtements avant de sortir, tout s'arrêterait là pour Moshe, Monsieur Antoine, et moi…

Dans la lumière jaune de l'unique ampoule, les patères s'alignaient, sinistres et vides comme je ne les avais jamais vues, sans un chandail, un bonnet ou une casquette pour les égayer.

Sur ma droite, la salle de classe, sur ma gauche, le bureau du maire. La porte en était encore fermée. Un instant de doute affreux, je craignis que Monsieur Antoine ne l'ait cadenassée. Si c'était le cas…

Une clef pour la liberté

La main prête à saisir la poignée, j'hésitai.

Ouvert-fermé. La vie tient parfois à peu de chose… Cette nuit-là, celles de Moshe et de notre instituteur ne tenaient qu'à ce simple détail…

Je saisis le bouton de porcelaine blanche, fermai les yeux, le tournai.

Il y eut une résistance et je crus que tout était perdu… Je forçai… Il céda.

Je poussai le plus profond soupir de soulagement qui eut jamais monté de ma poitrine et fis pivoter le battant.

J'écarquillais les yeux. On aurait dit qu'un ouragan avait traversé la grande pièce, plongée dans la pénombre.

Monsieur Antoine avait toujours été un homme très soigneux. Le désordre, non, le chaos qui régnait à présent dans le bureau en était d'autant plus choquant.

Tous les livres des étagères jonchaient le parquet ciré. On les avait arrachés à leurs rayonnages et jetés au sol avec une fureur méthodique. Ils s'empilaient là comme des oiseaux de papier foudroyés, déchirés, piétinés pour certains, des marques de botte à crampons souillant les pages blanches.

À cet instant, dans ce mépris de la culture et de ce qu'elle avait de plus noble, je compris, toutes proportions gardées, que le règne des hommes en uniforme et de leur croix détestable, de tous leurs semblables, en toute époque, en tout lieu, c'était ça.

Une clef pour la liberté

Les SS cherchaient-ils des documents secrets, des codes de la Résistance ? Soupçonnaient-ils Monsieur Antoine d'en faire partie ? Ou bien avaient-ils saccagé le bureau et anéanti sa bibliothèque par pur désir de détruire tout ce qu'il représentait ? Un peu des deux peut-être.

Je n'avais pas le temps de me désoler de ce nouvel outrage, il fallait, dans ce capharnaüm, que je retrouve la boîte et la clef.

Je me précipitai donc vers le grand bureau, d'habitude toujours si bien ordonné, chaque élément à sa place, mais cette nuit recouvert de papiers en vrac, de dossiers éventrés… Je déblayai les uns et les autres pour tenter de trouver quelque chose… qui ne s'y trouvait pas.

J'en aurais pleuré de rage.

Tous ces efforts, ces risques encourus par Françoise, Dédé, Gaston et moi, tout ça pour rien… Moshe et Monsieur Antoine allaient mourir.

Déjà, dehors, j'entendais se répondre, plus proche

d'instant en instant, les voix rauques des SS.

Dans quelques minutes, quelques secondes à peine, ils seraient là.

Je donnai un coup de pied par terre et entendis s'élever un bruit métallique... Quelque chose glissait parmi les papiers.

Je baissai les yeux pour trouver, à moitié cachée sous un exemplaire désossé de *Notre-Dame de Paris* qu'on avait déchiré en deux... la petite boîte à cigares.

Je m'en emparai et, fébrile, la levai devant mes yeux pour la secouer. Il y eut un tintement... Elle était pleine.

Je l'ouvris.

La clef était là.

Comment les SS avaient-ils pu la rater ? Peut-être l'avaient-ils fait tomber dans leur fureur dévastatrice. Perdue dans le désordre qu'ils avaient eux-mêmes répandu, avait-elle échappée à leur attention ?

Peu importait.

Je saisis la clef, abandonnai la boîte désormais inutile et me ruai dans le couloir, puis à la porte de notre salle de classe.

Il me fallut trois tentatives pour réussir à introduire la clef dans la serrure tant je tremblais, en jetant des coups d'œil vers la place où je voyais se rapprocher les silhouettes noires et casquées de retour de leur chasse au monstre mécanique.

Plus que quelques secondes et ils verraient le couloir… Ils me verraient, moi.

Et cette satanée clef qui refusait de tourner !

Je me rappelai que, chaque matin, Monsieur Antoine pestait et se promettait d'huiler la serrure… Apparemment, il ne l'avait pas encore fait.

Je balbutiai une petite prière…

La clef tourna. Je poussai… pour me retrouver face à face avec Moshe et de Monsieur Antoine qui me fixaient tous les deux comme une apparition.

Monsieur Antoine avait un œil poché et de vilaines

ecchymoses sur le visage. Je devinai qu'on l'avait frappé.

Il brandissait une des longues règles de bois dont il se servait pour nos leçons. Moshe serrait dans son poing le grand compas, avec une expression hallucinée. L'un comme l'autre avaient décidé de vendre chèrement leur peau…

— C'est moi ! C'est moi ! leur répétai-je. Je suis venu vous sauver.

Ça paraissait tellement fou, soudain, de prononcer ces mots, moi un simple gamin défiant une troupe entière de loups de guerre… J'en avais le vertige et des frissons, comme si la folie de ce que nous avions tenté me rattrapait.

— C'est toi qui… commença Moshe avec une expression émerveillée. Tu as fait ça pour… pour moi ?

— T'es mon ami, lui ai-je seulement répondu, la gorge serrée, moi qui, en bon cantalou, n'avais jamais été très à l'aise pour exprimer mes sentiments.

Monsieur Antoine s'exclama :

— Bougre de gosses ! C'était vous ce remue-ménage ? Vous êtes fous ! Même pour nous sauver… Vous savez que vous avez mis tout le monde en danger, ici. Ces types-là ne plaisantent pas, ils vont se venger sur le village.

Il avait raison. Nous n'avions pas pensé à ça, mais ce n'était plus le moment… Et il était trop tard pour faire machine arrière.

— Faut y aller. Ils reviennent…

Monsieur Antoine lança un coup d'œil vers la fenêtre pour constater que j'avais raison… Les premiers SS n'étaient plus qu'à quelques mètres du perron. Encore une poignée de secondes, et ils ne pourraient manquer de nous voir.

Mais j'étais tellement content de retrouver le visage de mon ami, son regard à nouveau plein d'étoiles, celles de la confiance, la confiance et l'espoir, l'espoir en l'autre, en l'humanité, que j'ai attrapé sa main et je l'ai tiré vers l'arrière du bâtiment.

Monsieur Antoine s'est élancé à notre suite.

Nous avons traversé le couloir, priant pour que la porte de derrière, elle aussi, n'ait pas été bouclée. Bien au contraire, elle était grande ouverte et béait sur la nuit glaciale.

C'était notre chance !

Entraînant Moshe dans mon sillage, trop heureux de voir s'ouvrir devant nous le chemin de la liberté, je me ruai à l'extérieur.

Sans réaliser que, si cette porte était ouverte, c'est qu'on l'avait empruntée avant nous…

CHAPITRE 11

Une invitée surprise

C'est en sautant depuis le haut des marches que nous avons pris pied dans la neige, nos gros godillots s'enfonçant jusqu'aux chevilles dans la poudre blanche.

Nous nous apprêtions à détaler vers les premières maisons, puis les bois derrière qui, de ce côté, étaient assez proches du village, quand nous l'avons découvert.

Un soldat, seul, dressé dans la rue, telle une évidence, une terrible évidence… Celle de mon échec… et la fin de nos espoirs.

Je ne sais pas ce que j'ai ressenti, en fixant cet

ogre en uniforme noir et brassard rouge. Je crois que de tous les sentiments qui bouillonnaient en moi, au-delà de la peur et du désespoir, celui qui dominait était avant tout la colère… Colère envers ces hommes qui n'en étaient pas et ceux qui les dirigeaient, ces monstres pour qui les autres, l'humanité tout entière, n'étaient que des ombres dont ils pouvaient disposer à leur guise, qu'ils pouvaient écraser, broyer, détruire sans plus d'égard que pour des insectes, avec un plaisir pervers, ou pire encore, une cruauté glacée et mathématique.

Celui-là, un officier sûrement, portait, en lieu et place du casque, un petit calot noir rehaussé d'une tête de mort d'argent. Il brandissait dans notre direction la forme sinistre d'un pistolet automatique et nous fixait avec un sourire froid… Celui d'un reptile.

— On part en promenade, messieurs ?

Il y avait, dans sa voix distinguée, un tel accent de moquerie et, dans ses yeux bleus, une telle satisfaction, celle d'ôter l'espoir à d'autres êtres humains… Je le haïs avec une force dont je ne me serais jamais cru capable.

À cet instant précis, cette nuit-là, je compris une chose, de manière certaine : le mal, le vrai mal, a ceci de terrible qu'il finit toujours par contaminer même ceux qui le combattent.

Là, devant cette haute silhouette noire qui braquait sur nous son arme de métal, son visage pâle, tout en creux et en angles, comme desséché de l'intérieur, marqué par une joie mauvaise, je me sentis impuissant.

Derrière nous, je devinai Monsieur Antoine et la formidable tension qui l'habitait. Je crois que, perdu pour perdu, il aurait commis une folie pour tenter de nous sauver tous les deux… mais il n'en eut pas le temps.

Je sentis soudain la main de Moshe se serrer sur la mienne, ses doigts m'étreindre avec une force douloureuse.

Je me tournai vers lui pour le découvrir les yeux exorbités braqués en direction de l'ogre au calot noir, le souffle haché et laborieux, comme sous l'effet d'une émotion terrible.

Oui, j'avais peur aussi, mais pas de cette manière-là, et ce qui luisait dans ses yeux…

Je me tournai à nouveau vers l'officier SS et là… je découvris ce qui avait allumé, dans les pupilles de Moshe, une telle flambée de terreur.

Car, de l'autre côté de la rue, émergeant de l'ombre entre deux maisons, s'approchait en silence une forme énorme, monstrueuse, qui ne ressemblait à rien de ce que j'avais jamais vu. Une forme face à laquelle notre pauvre création n'était qu'un jouet d'enfant.

C'était plus haut qu'un taureau, plus large aussi.

Une invitée surprise

Elle parvenait à peine à glisser sa carcasse colossale entre les deux façades, avec la prudente et silencieuse démarche du prédateur en chasse.

Rouquine de poil, un poil qui se hérissait sur le râble en une crête plus longue, drue et sombre, sa robe ressemblait un peu à celle d'un tigre, mais là s'arrêtait la similitude. La gueule, à elle seule, en orgie de dents énormes qui dépassaient des babines, devait bien mesurer un mètre de long.

Quand nous avions créé la nôtre, de Bête, Gaston, Dédé, Françoise et moi, j'avais eu peur d'avoir un peu forcé sur les crocs… La nature, ou le diable, nous avait coiffés au poteau.

Cette gueule-là, on la devinait capable d'engloutir un homme d'une seule cisaillée de mâchoire… Cela, je n'allais pas tarder à en avoir la preuve.

Un instant, mon regard croisa celui de la Bête, vert et lumineux, hanté d'une seule émotion, pure, sans partage, dévorante… La faim.

La Bête, devinais-je, qu'elle vienne de l'enfer ou de quelque vallée oubliée où personne n'avait égaré ses pas depuis fort longtemps, poussée hors des bois par le manque de gibier, était affamée.

Et ce soir, ne trouvant ni vache ni mouton à se mettre sous les crocs, sentant peut-être, dans le village, de l'agitation, ou entendant les tirs et les cris, elle avait décidé de tenter sa chance un peu plus loin en territoire des hommes… et trouver un autre gibier.

Faute de grives on mange des merles, disait un dicton que me citait souvent ma mère… Faute de bétail, que mangeait la Bête ?

La réponse, je l'eus sans tarder.

L'officier SS se régalait encore de notre peur quand quelque chose, peut-être ce sixième sens animal qui sommeille en chacun de nous, ou la direction de nos regards qui ne le fixaient plus, éveilla sa méfiance.

Une invitée surprise

Dans le silence qui nous environnait, figés que nous étions tous, comme si le temps s'était arrêté, nous entendîmes, s'appropriant toute la nuit, le souffle profond et puissant de la Bête.

La peur, c'est plus communicatif que le rire, et celle qui nous tenaillait, énorme, se glissa en lui.

Je vis son expression, de mauvaise et moqueuse, se troubler, se déliter, à mesure qu'il comprenait…

De loup, il venait de passer au rôle d'agneau.

Il se retourna d'un bloc et, là, se tétanisa, nez à nez avec le mufle monstrueux qui lui poussait au visage son souffle chaud, lourd et carné.

— *Der Teufel*, l'entendîmes-nous murmurer, et je sus bien plus tard que ces deux mots signifiaient « le diable ».

Ce furent les seuls qu'il eut le temps de prononcer avant que la gueule énorme ne s'ouvre toute grande et que les effroyables mâchoires ne se referment sur lui.

LE RETOUR de la Bête

Une invitée surprise

Il y eut un cri vite avorté, puis un bruit d'os qui craquaient, et d'autres, plus répugnants, de mastication… Puis plus rien.

J'avais un instant détourné les yeux. Quand je les rouvris, la Bête recrachait dans la neige blanche quelques morceaux de tissu tachés de rouge… avant de reporter son attention sur nous.

Son en-cas germanique l'avait mise en appétit. Maintenant, c'était notre tour…

Nulle part où fuir. Derrière nous, les SS qui tireraient à vue ou nous feraient prisonniers ; devant, cette bête affamée que ce premier repas de chair humaine n'avait pas rassasiée.

La Bête faisait déjà un pas en avant, ses longues griffes semblables à des sabots s'enfonçant dans la neige, son énorme gueule souillée d'écarlate s'entrouvrant, ses yeux couleur d'émeraude nous couvant d'une fringale terrible.

Incapables de faire un geste, alors qu'elle

approchait, plus terrifiante de seconde en seconde, nous ne pouvions que la regarder comme la souris fixe le serpent qui va la gober.

Dans notre dos, s'éleva un bruit de botte martelant les planches du couloir, puis un cri que nous commencions à trop bien connaître.

— *Halt ! Was...*

Il y eut une exclamation étranglée, puis le « tactactactac » d'une mitrailleuse, alors que la Bête, poussant un grondement à vous liquéfier les tripes, sautait par-dessus nos têtes et se jetait sur celui qui venait d'ouvrir le feu.

Un nouveau cri, suraigu, s'éleva du perron, qui cessa aussitôt, mais d'autres suivirent, d'étonnement puis de terreur, alors que la Bête s'engouffrait dans le couloir et que les éclairs des armes automatiques se succédaient.

Alors, comme si le carcan qui pesait sur nous s'était soudain levé, je me sentis à nouveau libre de mes mouvements. Saisissant Moshe par la manche, je le tirai vers moi et criai.

— On y va ! On y va !

Je vis son regard, jusqu'alors perdu dans quelque vision effroyable, retrouver un peu de son éclat alors qu'il reprenait pied avec la réalité.

Monsieur Antoine ajouta à son tour, même si on devinait, sous chacune de ses syllabes et sur son visage, les traces de l'incrédulité et de la terreur :

— C'est notre chance, allons !

Il n'en dit pas plus, et alors que, derrière nous, s'élevaient encore les cris, les grognements infernaux et les tirs des mitrailleuses, nous nous enfonçâmes dans cette nuit en maléfice où un monstre de cauchemar faisait bombance de nazis…

Le bruit était assourdissant, mais je peux vous dire qu'aucune porte ni aucune fenêtre ne s'ouvrit alors que nous traversions le village silencieux, tout entier livré au diable et à ses mignons.

Une invitée surprise

Les hommes, leurs épouses et leurs enfants se terraient au fond de leur lit, un oreiller sur la tête, pour ne pas entendre l'enfer qui, cette nuit, donnait représentation dans leur coin de nulle part.

CHAPITRE 12
Des adieux difficiles

Ce fut sans encombre que, suivis par Monsieur Antoine, nous parvînmes dans la grange où nous attendaient mes trois complices.

Il n'y avait rien à faire, à part se terrer, en priant que la Bête, une fois son repas de SS terminé, se déciderait à rentrer dans son enfer sans s'intéresser à nous.

Nous nous recroquevillâmes dans notre « cabane », une sorte d'abri que nous avions aménagé sous les bottes de foin et auquel on ne pouvait accéder que par un long tunnel. Là, nous attendîmes, le cœur battant, que l'effroyable concert se soit calmé.

Il s'acheva un quart d'heure plus tard sur le grondement de l'autochenille et du camion de transport que nous entendîmes quitter le village en grande hâte, emportant avec lui les survivants du commando qui avait investi la mairie.

Après, il n'y eut plus rien... Rien que le silence. Un terrifiant silence tout peuplé d'une effroyable présence... Celle de la Bête.

Nous somnolâmes un peu, pour nous réveiller en sursaut quand un bruit filtra du dehors jusqu'à nous...

— Vous croyez que c'est elle ? murmura Dédé.

Personne ne lui demanda de qui il parlait, c'était inutile.

— Je sais pas... Peut-être... répondis-je.

— J'aurais jamais... jamais cru... bégaya Gaston plus tard, sans pouvoir finir.

Lui, pas plus que Dédé ou Françoise, n'avait vu la Bête, mais nous lui avions raconté, et ce qu'il avait deviné sur nos visages défaits, les bruits effroyables qu'il avait entendus, avaient suffi à le convaincre.

Des adieux difficiles

Comme la nuit tirait à sa fin, Monsieur Antoine nous dit qu'il devait aller chercher quelque chose à la mairie. Nous tentâmes de le retenir. Nous avions peur que la Bête ne soit encore là et ne fasse de lui qu'une bouchée. Mais il était déterminé et nous quitta en nous précisant qu'il reviendrait rapidement.

Nous le suivîmes hors du tas de paille jusqu'à la porte de la grange.

Alors qu'il posait la main sur le verrou en nous ordonnant bien de refermer derrière lui, il prit une profonde inspiration et ouvrit d'un coup sec.

Nous craignions qu'une ombre monstrueuse ne surgisse de la pénombre du petit jour et ne se jette sur lui, mais seule une écharpe de brume s'insinua, tel un long serpent blanc, dans la grande bâtisse.

L'instant suivant, monsieur Antoine avait disparu.

Il ne revint qu'une demi-heure plus tard. Nous avions eu le temps d'interroger Moshe sur ce qui s'était passé quand ils étaient prisonniers.

En ce qui le concernait, les SS s'étaient contentés de le boucler dans la salle de classe, mais pour Monsieur Antoine ça avait été plus rude. Les SS l'avaient emporté et visiblement tenté de le faire parler. Ils n'avaient cependant pas trop insisté, lui avait confié notre instituteur quand on l'avait ramené, contusionné, les yeux pochés, mais toujours en vie.

Quand nous entendîmes toquer au battant et que nous ouvrîmes la porte, ce fut pour découvrir Monsieur Antoine avec deux paires de skis dans les bras et un sac à dos sur les épaules.

Comme nous lui demandions ce qu'il allait faire, il nous répondit qu'ils partaient, Moshe et lui, pour un endroit où on pourrait les cacher le temps de trouver un guide pour conduire mon ami hors de France et lui permettre de gagner un pays où personne ne pourchassait les Juifs, où il pourrait vivre comme n'importe quel citoyen, et non plus dans la peur.

Des adieux difficiles

Moshe ne protesta pas. Quel choix avait-il ?

Avant de partir, tout de même, il se tourna vers nous et s'approcha.

Nous fixant tour à tour, de ses grands yeux sombres soudain graves, il murmura, et nous devinions les efforts qu'il faisait pour ne pas pleurer :

— Mes amis…

Il avait prononcé ces mots d'une voix étranglée.

» … je ne pourrais jamais vous remercier assez pour tout ce que vous avez fait ce soir, mais…

À mon grand étonnement, alors que je cherchais les mots pour lui répondre, Dédé prit les devants.

— T'as pas à nous remercier, Moïse, les vrais amis, c'est fait pour ça.

Il avait parlé d'une voix qu'il voulait légère, Dédé, mais sous chacune de ses syllabes je devinais l'émotion, sincère, profonde.

Moshe l'avait fixé un long moment, avant de s'approcher pour lui donner l'accolade.

— Mon prénom, c'est Moshe, lui avait-il glissé.

— Ouais, mais Moïse c'est la classe, avait répondu Dédé avec un sourire.

Étaient venus les tours de Gaston, de Françoise, puis le mien.

Parfois, ce qu'on ressent est trop profond pour qu'on puisse l'exprimer… C'était un de ces moments-là, où la gorge se noue tellement qu'on n'arrive pas à en tirer un son.

— Bon ben… commençai-je. Je crois que c'est l'heure de se dire au revoir.

— Oui, répondit-il dans un étrange coassement, ses grands yeux plus luisants que jamais.

— Ça m'a fait plaisir de te connaître.

J'aurais tellement voulu lui dire plus, le remercier pour ces heures de lectures formidables qui m'avaient ouvert les portes de milliers de mondes, pour nos discussions passionnées, nos échanges, nos fous rires.

Mais en bon Arverne que j'étais alors, taiseux de ses sentiments, à qui on n'avait jamais appris à les exprimer, je ne pouvais pas.

Il répondit avec la même sobriété.

— Moi aussi.

Mais ses yeux me disaient tous les mots qu'ils ne prononceraient pas, ces ballades que nous avions faites, alors que je lui faisais découvrir la beauté rude et simple de nos montagnes, nos descentes en luge, nos batailles de boules de neige, le lait chaud que nous allions chercher à la ferme, les tartines au chocolat en copeaux et les merveilles de ma grand-mère, aux quatre heures, qui nous régalaient…

Il me donna un coup sur l'épaule, que je lui rendis avec un curieux sourire, avant de me serrer dans ses bras à m'en étouffer. J'hésitai un instant et lui rendis son étreinte avec une force involontaire qui lui tira un : « Tu vas me casser en deux. »

Il s'écarta, me fixa un long moment, en silence.

La voix de Monsieur Antoine s'éleva depuis la porte entrouverte.

— Il faut y aller, ils peuvent revenir d'un instant à l'autre, et quand ça arrivera nous avons intérêt à être loin.

Il avait raison. Moshe, après avoir enfilé ses skis, s'apprêtait à le rejoindre quand il parut se rappeler quelque chose. Il farfouilla dans une de ses poches pour en tirer un objet plat et sombre qu'il me tendit.

— Tiens, c'est pour toi.

Je le saisis mécaniquement, sans quitter mon ami des yeux, qui, avec un sourire, me lança :

— Fais gaffe à toi, l'Auvergnat.

Ce sourire, je le lui rendis.

— À toi aussi, le Juif.

Comme il s'apprêtait à s'élancer dans le petit jour brumeux, Monsieur Antoine donna à son tour de la voix.

— Au revoir les enfants. Faites attention à vous, dans les jours qui viennent. Profil bas, et ne vous montrez pas.

Il ajouta, après avoir adressé un long regard à chacun d'entre nous :

» Je suis fier de vous, mes garçons.

L'instant suivant, il disparaissait, avalé par la brume.

Moshe se retourna une dernière fois et me jura, avec une conviction sans faille.

— On se reverra.

Un coup de bâton… Il n'était plus là, spectre vaporeux avalé par le brouillard, disparu de nos existences aussi vite qu'il y était entré, mais laissant derrière lui un vide immense que je sentis s'ouvrir dans ma poitrine, un vide qui, devinai-je, ne serait jamais vraiment comblé.

Alors seulement, baissant les yeux vers ce qui reposait dans ma paume, je découvris la couverture de cuir que je connaissais bien et les mots qui y brillaient en lettres

dorées, au-dessus de l'illustration fabuleuse où, sur fond vert, la silhouette formidable d'un grand reptile poursuivait un explorateur infortuné… *Le Monde perdu.*

La gorge serrée, j'en ouvris la première page pour y trouver ces mots, tracés à la plume par la main sûre de mon ami :

Pour que tu n'oublies jamais de rêver et de croire en l'impossible…

Ton ami, toujours,

Moshe

CHAPITRE 13
Le temps de vivre

La peur n'en avait pas tout à fait fini avec nous cet hiver-là. En fait, elle revint le jour même, sur les chenilles et les roues de deux half-tracks, et deux nouveaux transports de troupes…

Il y avait quelques SS. Certains, la mine creusée, le regard moins dur et déterminé que les autres, presque craintifs, étaient ceux qui avaient fui le village la nuit dernière… Ceux-là avaient appris ce qu'était la peur.

Mais la plupart des soldats qui descendirent des camions étaient des hommes des troupes régulières, ainsi que l'officier qui les commandait. Ce fut certainement ce qui nous sauva.

Ils inspectèrent les lieux, les traces de sang, celles laissées par la Bête, bien visibles dans la neige.

Ils firent venir tous les villageois sur la place, alignés devant les autochenilles, sous la menace de leurs mitrailleuses, et les interrogèrent dans le vent froid.

À tout instant, on craignait qu'ils ne fusillent tout le monde ou ne rafle les hommes, voire tous les habitants. Mais celui qui les commandait, un officier d'un certain âge en uniforme gris, pas un SS, rien à voir avec celui que la Bête avait dévoré cette nuit, avait écouté les témoignages des soldats, puis des gens du village… Et il aurait fallu être vraiment obtus ou de très mauvaise foi pour ne pas deviner la terreur égale des uns et des autres et ne pas en tirer les conclusions qui s'imposaient.

Enfin, les traces étaient là, et les confessions des survivants avaient suffi à convaincre cet homme que nous n'y étions pour rien.

Restait notre monstre-Panhard… Là, ce fut l'abbé qui nous sauva en prétendant, avec un bel aplomb, que les gens du village, terrorisés par la Bête depuis trop longtemps, avaient décidé de lui faire peur et de l'éloigner en utilisant cette curieuse machine.

Quant à l'instituteur soupçonné d'être maquisard et le petit Juif que les SS avaient arrêtés, quand on nous demanda ce qu'ils étaient devenus, chacun, mis à part Dédé, Gaston, Françoise et moi, put répondre avec une franchise totale qu'il l'ignorait. Au vu des évènements de la nuit, certains avancèrent qu'ils avaient, eux aussi, été dévorés par la Bête quand elle était entrée dans la mairie.

Je ne sais si l'officier nous crut, mais, après avoir balayé une dernière fois des yeux nos rangs frissonnants, de trouille autant que de froid, il nous ordonna de rentrer chez nous.

Cet homme-là, il n'était pas tout jeune, et peut-être avait-il, lui aussi, chez lui, en Allemagne, une famille, une femme, des parents, des enfants, auxquels il songea à cet instant-là…

Ce matin, à grelotter avec les autres sur cette place, alors que la mort ne tenait qu'à un mot tombé des lèvres de cet officier, je compris autre chose, quand il nous libéra… C'est que, dans la guerre comme ailleurs, partout, l'homme a toujours le choix, entre le mal et le bien, et qu'il n'y a pas de frontière ni d'uniforme pour l'un comme pour l'autre.

Les Allemands demeurèrent sur place pendant plus d'une journée et d'une nuit, alors que nous menions nos petites existences à l'ombre et dans la peur des deux blindés et de ce qu'ils représentaient.

Ils organisèrent une battue, tentèrent de remonter la piste, mais elle se perdait dans les bois… et la Bête, peut être gavée de chair, ou craignant tout ce remue-ménage, ne reparut pas.

On les rappela deux jours plus tard. Ils ne revinrent pas.

Le temps de vivre

Je suppose que, quelque part dans les archives de la Wehrmacht[1], il devait y avoir un rapport concernant notre village et les événements de cette nuit-là, et je serais, ma foi, curieux de le lire, mais il est probable qu'il ait disparu ou ait été détruit.

Le temps se radoucit, la neige fondit. La Bête disparut avec elle… La guerre aussi passa sans plus nous effleurer de son aile terrible. Le malheur frappa bien d'autres villages et d'autres villes aux environs, surtout vers la fin du conflit, à Murat, en particulier, où l'on rafla cent personnes pour les envoyer dans un de ces lieux d'où l'on ne revenait pas, mais nous fûmes épargnés.

Cette fameuse nuit qui avait changé ma vie, on l'appela dorénavant la « Nuit de la Bête », et on ne l'évoqua plus que comme une histoire à raconter au coin du feu pour effrayer les enfants et animer les longues veillées d'hiver. Je soupçonne même la

---

1 Nom de l'armée allemande sous le IIIe Reich, et pendant la Seconde Guerre mondiale.

plupart des gens de ne plus y croire qu'à moitié, comme si ces quelques heures avaient été une parenthèse d'irréalité et de mystère qu'il fallait maquiller de légendes pour pouvoir l'accepter.

Comment les en blâmer ?

Car, de tous ceux qui avaient vécu les événements de cette nuit-là, j'étais le seul encore en vie à avoir vraiment vu le monstre et ce qui s'était passé. Monsieur Antoine, passé à la Résistance, était mort en juin 1944 en tenant un pont contre une colonne allemande, et Moshe, mon ami, n'avait jamais donné de nouvelles.

Quant à moi, Moshe ayant ouvert mon esprit aux livres, à la culture et au monde, je me réalisai dans mes études et devins archéologue. Je me mariai, eus des enfants, et enfin pris ma retraite à Paris.

Je revins quelquefois au village. J'y retrouvais Gaston et Dédé, qui avait chacun repris la ferme de leurs parents. Ils me recevaient à chaque fois avec la générosité cantalienne, et je devais prendre trois kilos par séjour. Nous évoquions le bon temps, et quelquefois cette fameuse « Nuit de la Bête »... Mais nous appartenions maintenant à deux mondes différents. Au bout de quelques jours, une fois la nostalgie étanchée, je me sentais à l'étroit dans ce petit bout de montagne qui avait été le mien. Et puis, je devais l'avouer... Quelque chose, non... Quelqu'un d'essentiel manquait.

Moshe.

Était-il mort en essayant de quitter notre pays occupé ? Ou bien avait-il réussi à s'enfuir ? Jamais, depuis notre séparation ce jour-là, je n'avais eu de nouvelles... Jusqu'à il y a deux ans.

CHAPITRE 14

Une histoire à raconter

Un coup de fil, une voix, celle d'un homme d'un certain âge, mais étrangement étranglée, hésitante, qui me demandait, avec un léger accent anglo-saxon… américain, aurais-je dit.

— Jacques Laveissière ?

— Oui, avais-je répondu, une boule dans la poitrine, comme si je savais, déjà, qui m'appelait ainsi, parce que toute ma vie j'avais attendu cet instant.

— Tu aimes toujours *Le Monde perdu* ?

Alors je sus, et je crois me souvenir que je me suis assis pour demander, pris de vertiges, tant le soulagement et le bonheur qui étaient les miens me submergeaient, me coupaient les jambes :

— Moshe, c'est toi ?

À l'autre bout de la ligne, il y avait eu un rire, celui d'un gosse dans un corps d'homme, et je dois avouer que je me sentais un peu comme ça moi aussi.

— Je t'avais bien dit qu'on se reverrait.

Et nous nous sommes revus… Ce fut aussi simple que cela.

Avec l'aide du réseau de Monsieur Antoine, Moshe avait réussi à gagner l'Angleterre et, de là, les États-Unis. Il me raconta son arrivée à New York, par bateau, sa première vision de la statue de la Liberté. Je croyais presque la découvrir avec lui, cette grande dame de fer émergeant de la brume comme une promesse d'espoir.

Il avait poussé jusqu'à la côte ouest, était entré dans l'industrie du cinéma, alors en pleine expansion, et, à force de travail acharné, avait fini par devenir producteur… Le rêve américain.

Il possédait une grande villa en Californie, avait une épouse aimante, des enfants, des petits-enfants.

Mais il n'avait jamais oublié.

Quand je lui ai demandé pourquoi il ne m'avait pas recontacté plus tôt, il m'avoua qu'il n'avait pas osé. Il craignait ma réaction s'il débarquait à nouveau dans ma vie, fantôme d'événements et d'une période douloureuse que je tenais peut-être à oublier…

Mais, de passage à Paris avec un de ses petits-fils, Nathanaël, dont les parents divorçaient et qu'il avait emmené avec lui pour lui changer les idées, il n'avait pu résister plus longtemps. Sachant que j'y habitais, il m'avait appelé.

Je l'invitais chez moi. Il vint.

Quand la sonnette d'entrée résonna et que j'ouvris la porte, ce soir-là, je découvris un grand monsieur de soixante-dix ans environ dont je n'aurais pas reconnu les traits… S'il n'y avait eu ses yeux, ses immenses yeux de gosse encore, dans ce visage fripé, dans lesquels je retrouvais, intact, comme s'il s'était tout entier réfugié là, cet appétit pour le monde et les autres.

Nous restâmes quelques secondes immobiles, à nous fixer, sans savoir quoi dire, trop émus pour prononcer un mot.

Enfin, d'une voix hésitante, étranglée par l'émotion, Moshe me lança, avec cette espèce de sourire qu'il avait eu, ce matin-là, il y avait si longtemps :

— Comment tu vas, l'Auvergnat ?

Je ne pus répondre, mais m'avançai d'un pas et le pris dans mes bras pour le serrer contre moi, et enfin murmurer, après un long silence tout empli de cette amitié qui ne peut s'exprimer par des mots.

— Je continue de rêver, mon ami, grâce à toi.

Il est entré ce soir-là dans ma demeure, et de nouveau dans ma vie. Je suis allé chez lui, en Amérique, il est revenu chez moi, à Paris… Son petit

Une histoire à raconter

Nathanaël et ma Laureline sont les meilleurs amis du monde. Ils ne se quittent pas quand ils se retrouvent et, le reste du temps, s'écrivent ou communiquent sur Internet, comme le font les gamins de nos jours. Nous les trouvons encore un peu jeunes pour avoir le béguin… Nous sommes vieux jeu peut-être.

Quant à la Bête et cette nuit-là, jamais jusqu'à présent nous n'en avons parlé à personne, si ce n'est à mots couverts, et encore… En ce qui me concerne à ma femme, et c'est à peu près tout. Il est des choses, des événements, que l'on garde pour soi, ou du moins qui attendent le bon moment pour être racontés…

Ce bon moment, je ne l'avais pas trouvé… Jusqu'à aujourd'hui, où nous avons décidé, Moshe et moi, d'emmener nos petits-enfants au pavillon de paléontologie du Muséum d'histoire naturelle de Paris pour leur faire partager un peu du « monde perdu » que nous avions tant aimé et qui nous avait reliés…

Et là, maintenant, devant cette vitrine, le passé me rattrape. Je ne suis plus là, dans le confort tiède et douillet de ce grand musée parisien, en ce début de troisième millénaire… Je suis de nouveau dans cette rue, dans ce village perdu, enseveli de neige et abruti de froid, dans cette nuit carnivore. Je sens passer sur moi, à travers le verre et les gouffres du temps, le souffle lourd et carné d'une créature effroyable.

— Moshe ! Moshe !

Je ne peux que murmurer pour attirer l'attention de mon ami, non pas pour respecter le silence ou les autres visiteurs, mais parce que la terreur de cette nuit-là, de cet instant terrible, me revient, intacte.

Une histoire à raconter

« Regarde !

Car là, devant moi, énorme, monstrueuse, me dévoilant ses crocs gigantesques débordant de sa gueule interminable en un rictus hideux, la Bête me fait face, comme cette nuit-là, il y a soixante-treize ans…

— C'est elle, murmurai-je en détaillant ce pelage fauve, cette crinière hirsute, ce râble puissant qui hantent encore mes cauchemars, certaines mauvaises nuits, et me réveillent parfois.

En regardant mieux, pourtant, je vois des différences, des erreurs, celles qu'aurait pu commettre quelqu'un qui établirait un portrait à partir de quelques fragments, ou d'un témoignage de seconde main, quelqu'un qui n'aurait pas vraiment vu la Bête en chair et en os comme j'ai pu la voir.

Moshe s'est approché. Lui aussi regarde la Bête, notre Bête… celle de notre histoire. Lentement, son regard descend. Ses sourcils se lèvent. Il me désigne un cartouche posé au sol, juste devant le monstre.

Alors, à mon tour, je me penche et je lis les lettres tracées avec application, en noir sur le papier blanc.

ANDREWSARCHUS

Carnassier de l'ordre des condylarthres, famille des mesonychidés. 6 mètres de long. Mammifère ongulé apparenté aux moutons ou aux chevaux. Il vivait à l'Éocène, il y a 40 millions d'années...

Moshe et moi échangeons un même regard fait d'émerveillement, d'incrédulité et de souvenir...

Car nous savons maintenant que dans quelque vallée profonde et oubliée des montagnes d'Auvergne, ignorés de tous, les derniers représentants de cette terrible famille, qui a chassé dans les plaines de ce monde une éternité plus tôt, survivent encore et parfois, quand l'hiver est trop rude, s'aventurent à nouveau dans le monde des hommes... Comme cette nuit de novembre, il y a soixante-treize ans.

Mais nous savons aussi que, de tous les prédateurs, le plus à craindre n'est pas celui-là, qu'il se tient sur deux pattes et se cache sous des uniformes et des drapeaux pour commettre ses crimes… des crimes que la faim ne justifie pas.

Oui, nous savons que l'homme peut se révéler parfois pire que la Bête.

Une petite main qui tire, une voix qui demande :

— Papi, qu'est-ce qu'y t'arrive ? Tu es tout drôle.

Alors que le visage de fée de ma Laureline se lève sur moi, exigeant une réponse de ses grands yeux bruns, un sourire retrousse mes lèvres, et je sais, sans même le regarder, que Moshe a le même.

Nous échangeons un regard.

Oui, aujourd'hui, il est temps.

Alors, je prends ma plus belle voix de conteur, je me tourne vers Laureline et Nathanaël, qui ne la quitte pas d'une semelle et qui ressemble tellement à Moshe quand nous nous sommes rencontrés.

— Les enfants, nous avons une histoire à vous raconter…

POUR EN SAVOIR PLUS

La Bête

La Bête dont il est question dans cette histoire est, bien sûr, la plus célèbre de toutes, celle dont on peut écrire le nom avec une majuscule, celle qui terrorisa la France pendant plus de trois années au XVIIIe siècle.

Vous en avez sûrement entendu parler…

Mais revenons un peu sur son histoire.

La Bête du Gévaudan, *La Bestia de Gavaudan* en occitan ou, plus simplement, *La Bestia*, comme on l'appelait alors, a sévi dans une région incluant principalement le département de la Lozère et un peu du Cantal entre le 30 juin 1764 et le 19 juin 1767.

S'attaquant à des proies isolées, le plus souvent des femmes et des enfants, elle fit, durant toute cette période, entre 88 et 124 victimes (selon les sources) et instaura la terreur dans tout le pays.

Les gazettes, les journaux de l'époque, s'en emparèrent. La sombre renommée de la Bête se répandit dans toute la France jusqu'aux oreilles du roi, qui envoya un de ses porte-arquebuse, François Antoine, pour régler le problème. Ce dernier abattit un énorme loup, qui fut empaillé et envoyé à Paris pour être exposé à Versailles.

Dès lors, les journaux et le pays se désintéressèrent de la Bête. Le problème, pour eux, était réglé. On ne voulait plus en entendre parler.

Les attaques continuèrent pourtant en Gévaudan jusqu'en juin 1767, quand le paysan Jean-Chastel tua un « canidé ressemblant partiellement à un loup », mais, selon la légende, au poil roux avec une ligne brune sur le dos.

Il devait cette fois bien s'agir de la Bête car, de ce jour-là, les attaques cessèrent.

Pourtant, aujourd'hui encore, le mystère reste entier, en particulier en ce qui concerne la nature de la Bête. En atteste le nombre de livres et de films qui lui sont consacrés.

Passons un peu ces hypothèses en revue.

Des loups

L'hypothèse la plus classique est celle d'un ou plusieurs loups, mais des zoologistes insistent sur le fait que le comportement de la Bête, très agressif, n'est pas celui des loups. Des loups enragés alors ? Non, car, s'ils étaient enragés, ils auraient transmis la rage aux survivants de leurs attaques, ce qui n'a pas été le cas.

Un hybride de chien et de loup

On a avancé l'hypothèse que la Bête aurait pu être un hybride de loup et d'un chien (le plus probable étant le mâtin, aujourd'hui appelé mastiff, alors utilisé comme chien de berger ou comme chien de guerre). De tels hybrides ont visiblement existé, mais se seraient révélés « instables ». (Comprenez par là d'un caractère assez difficile, voire très agressif, ce qui correspondrait plus au caractère de la Bête.)

Un tueur en série

L'état de victimes, décapitées, le côté « rituel » de ces meurtres, ont amené certaines personnes à songer aux agissements d'un sadique, un « tueur en série », un criminel qui se serait pris pour un loup-garou et se serait déguisé en « Bête » afin de commettre ses forfaits, ou aurait utilisé un animal dressé pour assouvir ses noirs penchants.

Pour en savoir plus…

Un animal exotique

Quatrième possibilité (celle retenue dans le film *Le Pacte des loups*) : un animal exotique, comme un lion, un tigre (ce dernier étant notoirement un mangeur d'hommes, bien plus gros et dangereux qu'un loup), ou une hyène, qui correspondrait tout à fait à la description qu'on en a faite (trace noire sur le dos, mâchoire très puissante…)

Mais comment une hyène se serait-elle retrouvée en Gévaudan ? Mystère. Il faut, là encore, l'intervention de l'homme.

Un cryptide

Par « cryptide » (de *crypto*, caché) on entend des animaux dont l'existence relève de la légende et non d'une preuve scientifique. Parmi les cryptides les plus connus, on peut citer le yéti ou le monstre du Loch Ness.

Ainsi, une théorie concernant la Bête du Gévaudan, celle qui m'a servi pour cette histoire, ferait de la Bête le dernier représentant de l'*Andrewsarchus mongoliensis*, un prédateur de la fin de l'Éocène, au crâne de plus de quatre-vingt-dix centimètres de long, qui aurait appartenu à la famille des mésonychidés, des prédateurs ongulés apparentés au mouton…

C'est cette théorie que j'ai utilisée dans cette histoire car je trouvais intéressant d'imaginer que, au fin fond de l'Auvergne, dans les forêts de quelque vallée sauvage et cachée, subsistent, ignorés du monde, les derniers représentants de cette race disparue.

La « drôle de guerre »

Par cette expression, on désigne la période qui marque le début de la Seconde Guerre mondiale, du 3 septembre 1939 au 10 mai 1940.

Pour en savoir plus…

Pourquoi ce terme de « drôle » ?

Non, on n'y utilisait pas de gaz hilarant. Si on la dit « drôle », c'est qu'il s'agit d'une guerre qui n'en est pas une, ou du moins pas tout à fait.

Le 3 septembre 1939, alors qu'Hitler envahit la Pologne avec ses troupes, l'Angleterre et la France déclarent la guerre à l'Allemagne… mais n'attaquent pas, du moins pas directement, même si des opérations ponctuelles sont lancées.

Les belligérants ordonnent la conscription, lèvent des soldats, s'arment de plus en plus et massent des troupes aux frontières, mais ne passent pas aux hostilités avant le 10 juin 1940, lorsqu'Hitler, s'estimant prêt, lance la Blitzkrieg (guerre éclair se caractérisant par une utilisation massive de l'aviation et des blindés). Les troupes françaises et britanniques, totalement dépassées par cette nouvelle stratégie, sont balayées et repoussées à la mer dans la poche de Dunkerque. Certains soldats sont évacués, beaucoup sont faits prisonniers et envoyés en Allemagne. En moins de dix jours, les troupes allemandes entrent dans Paris, et le gouvernement français capitule. Le 17 juin, le maréchal Pétain, à la radio, appelle à cesser les combats. Le 18 juin, le général de Gaulle, depuis Londres, appelle à la résistance… mais l'armistice est signé le 22 juin.

La France occupée

Notre histoire prend place pendant la Seconde Guerre mondiale, alors que les troupes allemandes occupent le territoire français.

Depuis la défaite de juin 1940, la France était coupée en deux. La zone nord était occupée et dirigée par les Allemands, et séparée de la zone sud par une « ligne de démarcation ». Au sud, le gouvernement de Vichy (du nom de la ville d'Auvergne où il s'était déplacé), dirigé par le maréchal Pétain, administrait officiellement cette moitié de pays en collaborant avec l'Allemagne.

Cette mascarade cessa le 11 novembre 1942 quand, suite au débarquement allié en Afrique du Nord, Hitler, se sentant menacé, décida d'annexer à son tour la zone dite « libre ».

Les enfants cachés

Pendant toute la Seconde Guerre mondiale, alors que les nazis arrêtent les Juifs et les déportent en camps de concentration ou d'extermination, des réseaux vont se mettre en place pour tenter de sauver des enfants juifs en les envoyant à la campagne, dans des villages ou des fermes isolées, loin des troupes allemandes, de la Gestapo (la police politique allemande), de la milice française (qui collabore avec les Allemands) et des persécutions.

Certains villages vont ainsi s'illustrer, comme Le Chambon-sur-Lignon, dans les monts du Vivarais, où sont recueillis et sauvés de la déportation plusieurs centaines de Juifs.

Ainsi, à Jérusalem, au mémorial de Yad Vashem (le mémorial construit en mémoire de la Shoah), une stèle est dédiée à tous les habitants du Chambon-sur-Lignon et de ses environs, portant l'inscription :

Ils sont tous des Justes ceux de ton peuple.

Quand l'homme rejoint la bête

Pendant les heures les plus sombres de notre histoire, comme les guerres, il arrive que certains se distinguent et révèlent le meilleur d'eux-mêmes, comme les petits héros de notre récit. À l'inverse, malheureusement, d'autres libèrent le plus noir d'eux-mêmes et se montrent pires que la Bête.

La période de la fin de la Seconde Guerre mondiale, en Auvergne comme ailleurs, a été marquée par un grand nombre de rafles, d'exécutions et d'exactions de la part des troupes de choc allemandes, comme la 2e SS Panzerdivision *Das Reich*, de sinistre mémoire.

En juin 1944, les troupes allemandes, aux abois, pressées par les alliés, harcelées par les résistants, vont se livrer, sur leur passage, à de terribles actes de barbarie.

Ainsi, le 9 juin 1944 à Tulle, en Corrèze, en représailles à une attaque de la Résistance, les soldats allemands arrêtent et exécutent 99 hommes de seize à soixante ans et, dans les jours qui suivent, en déportent 149 autres en camp de concentration à Dachau où 101 perdront la vie.

LE RETOUR de la Bête

À Oradour-sur-Glane, un village de la Haute-Vienne, le 10 juin, tous les habitants, hommes, femmes et enfants, sont exécutés, la plupart brûlés vifs dans l'église.

Au nord du Cantal, dans la petite ville de Murat, le 24 juin 1944, 119 hommes sont amenés vers Clermont-Ferrand et sont déportés en Allemagne au camp de concentration de Neuengamme. Peu en reviendront.

À côté des exactions de ces « loups verts » à visage humain, celles de « La Bête » paraissent bien pâles et presque insignifiantes. Une fois encore, et si besoin était, elles apportent la preuve que la pire de toutes les bêtes est celle qui se tapit au fond de l'esprit humain.

Mais l'homme, contrairement à la bête, qui n'agit que par instinct, a toujours le choix de révéler de lui le meilleur ou le pire, comme les héros de notre histoire.

Pour en savoir plus…

Il n'appartient qu'à nous de faire de ce monde un lieu d'amour et de fraternité plutôt que de haine et de défiance.

Jean-Luc
MARCASTEL

Jean-Luc Marcastel est né à Aurillac, dans le Cantal, et connaît donc bien cette région où a sévi la Bête du Gévaudan. Il a d'abord été professeur d'histoire avant de devenir auteur de romans fantastiques et de fantasy, dans lesquels il n'hésite pas à s'inspirer du folklore et des légendes. Il est, entre autres, l'auteur de la série Louis le Galoup, chez Nouvel Angle.

Cécile et Lionel MARTY

Cécile et Lionel Marty sont tous les deux auteurs-illustrateurs confirmés.

Cécile a illustré des romans et une vingtaine d'albums jeunesse qui abordent des sujets comme le deuil, le handicap, l'illettrisme, mais également des adaptations de classiques de la littérature.

Lionel Marty compte plus d'une douzaine d'albums de bande dessinée pour adultes à son actif, dont un album collectif *Le Combat des Justes, six récits de résistance* (éd. Delcourt) et a déjà participé à plusieurs projets d'ouvrages jeunesse, notamment lors d'une exposition de pages de bande dessinée sur le thème de l'environnement, « Vert Lou », pour lequel il collabore avec Cécile.

Reproduit et achevé d'imprimer en avril 2019 (2e tirage),
par Abedik, en Pologne,
pour le compte de Gulf stream éditeur,
31, rue Alfred Riom,
44100 Nantes
www.gulfstream.fr

Dépôt légal 1re édition : septembre 2018